Dos tardes
para leer juntos

por Sergio del Molino

Editor invitado
de la colección Dos tardes
en Alianza

Dos tardes no bastan para conocer a una persona. Dos tardes
no bastan para leer a un escritor. Pero dos tardes sobran para
enamorarse. Dos tardes sobran para que las amistades echen a
andar. Esta nueva colección de Alianza reivindica la profundidad
que se esconde en la ligereza de dos tardes. Ese es el tiempo
medio que los lectores pasarán con estos libros. La esperanza de sus
autores —y la mía, padrino del invento— es que estas dos tardes
sean solo las primeras que los lectores pasen en compañía del
escritor objeto de cada título. El propósito es que se contagien del
entusiasmo de quienes los recomiendan y se sumerjan en su obra.

Hemos invitado a algunos de los mejores escritores
contemporáneos en español a que compartan su pasión por un
autor clásico incluido en la Biblioteca de autor de El libro de bolsillo
de Alianza Editorial. No hay aquí lecciones magistrales ni
monografías de especialista, sino entusiasmo genuino de escritor a
escritor. Grandes maestros de ayer contemplados con los ojos de
los maestros de hoy.

La literatura, placer solitario e íntimo tanto para quien escribe
como para quien lee, no ofrece muchas ocasiones para socializar
los entusiasmos. Con esta colección queremos llevar las grandes
conversaciones literarias a las manos de todos los lectores.
Y pasar juntos dos tardes que no olvidarán.

Sergio del Molino

Dos tardes
con Joseph Roth

Alianza editorial
El libro de bolsillo

dos
tardes

Diseño de colección: Estrada Design
Diseño de cubierta: Manuel Estrada
Fotografía de Javier Ayuso

PAPEL DE FIBRA
CERTIFICADA

© Sergio del Molino, 2025
   Autor representado por The Ella Sher Literary Agency, www.ellasher.com
© Alianza Editorial, S. A., Madrid, 2025
   Calle Valentín Beato, 21
   28037 Madrid
   www.alianzaeditorial.es

ISBN: 978-84-1148-911-9
Depósito legal: M.125-2025
Printed in Spain

Si quiere recibir información periódica sobre las novedades de Alianza Editorial, envíe un correo electrónico a la dirección: alianzaeditorial@anaya.es

Índice

Nota sobre la toponimia

Bien sabemos los españoles lo conflictivos que pueden ser los topónimos y su capacidad para ofender sensibilidades ariscas. Escribir sobre Joseph Roth supone cruzar un campo de minas toponímicas cuya carga se mantiene muy activa en el siglo XXI. Baste decir que nació en un lugar donde en 2024 se libra una guerra cuyas resonancias étnicas y civilizatorias él entendería muy bien.

Joseph Roth nació en Brody y se crió entre este pueblo y Lemberg, antes de marchar a Viena a terminar sus estudios universitarios y empezar a escribir en los periódicos. Brody sigue llamándose Brody (oficialmente, Броди, en ucraniano), pero Lemberg ha tenido muchos nombres. Cuando Roth nació en 1894, aquella era la región fronteriza nororiental del Imperio austrohúngaro. Lemberg era el nombre oficial de la capital en alemán. Los hispanohablantes la conocían como Leópolis, topónimo que sigue siendo aceptable y aceptado. La mayoría de la población era polaca (aunque *mayoría*, en esas regiones imperiales, significaba ser la primera de muchas minorías entreveradas y revueltas), y cuando Roth se instaló allí, en casa de sus tíos ricos, el polaco estaba sustituyendo al alemán como lengua de la administración y de la enseñanza. Una de las razones por las que Roth se marchó a Viena fue porque la universidad de Lemberg empezó a impartir sus lecciones en polaco.

En 1919, el Imperio austrohúngaro desapareció y la antigua provincia se integró en la nueva Polonia. El nombre alemán, Lemberg, pasó a Lvov, topónimo que se mantuvo en 1945, cuando los tratados de paz desplazaron las fronteras de Polonia al oeste y la ciudad se incorporó a la república soviética de Ucrania. Tras la desintegración de la URSS, volvió a cambiar de nombre al ucraniano Львів, transcrito Lviv, que es la forma más difundida en castellano.

Algo más problemático es el topónimo de la región natal de Joseph Roth, que en su infancia era una provincia administrativa del imperio con capital en Lemberg, una región que perdió entidad y autonomía tras el armisticio de 1919, quedando dividida entre Polonia y lo que pronto sería la URSS, y fue definitivamente abolida en la nueva Europa de 1945, después de que la mayoría de sus habitantes judíos fueran exterminados por los nazis y sus colaboradores polacos y ucranianos.

La región se llamaba Galicia, en femenino: la Galicia. En la literatura castellana suele citarse como Galitzia, para evitar confusiones con la región española homónima, pero esa grafía es una orientalización un tanto fantasiosa que no se parece a ninguna de las lenguas habladas en la Galicia histórica (yidish, polaco, ruso, ucraniano, alemán,

rumano, checo o húngaro, por citar las más populares).
Roth la llamaba *Galizien*, en alemán, y estaba acostumbrado a las formas *Halychyná* (ucraniana) y *Galicja* (polaca). En todas suena a algo muy parecido a Galicia, por lo que lo natural en castellano sería escribir Galicia, sin miedo a que el lector se imagine peregrinos compostelanos o botellas de albariño. El gentilicio sería en este caso galiciano, y no gallego.

Joseph Roth es, por tanto, un judío de la Galicia que nació en Brody y vivió en Lemberg. Aunque sólo uno de esos tres topónimos siga vigente hoy, usaré los tres en este ensayo. Sé que algunos autores prefieren actualizar los mapas y ser fieles a la nomenclatura en curso. Estudiosos ha habido incluso que se han referido a Roth como un escritor polaco. Seguro que las autoridades municipales de Brody lo celebrarán hoy como un egregio miembro del parnaso de las letras ucranianas, y a los profesores de literatura del instituto de Brody se les henchirá el pecho de fervor patriótico cuando recuerden que el autor de *La marcha Radetzky* creció a los senos de esas aulas, donde no quedará un solo docente o alumno capaz de leerlo en su lengua original.

Un busto suyo recibe a los pupilos del antiguo *gimnasium* imperial en el que estudió, hoy un establecimiento estatal ucraniano, y la placa que ensalza al bachiller más célebre está en ucraniano y en alemán (el instituto, fundado en 1865, no se llama hoy Joseph Roth, sino Ivan Trush, un pintor impresionista contemporáneo de Roth y galiciano como él, aunque ucraniano étnico y, sobre todo, cristiano, circunstancias felices ambas para propiciar el homenaje del nacionalismo de Ucrania), pero si queremos entender a

Joseph Roth no debemos perder de vista jamás que vivió en un mundo plurilingüístico y plurinacional dominado por una élite política y cultural que se expresaba en alemán, fuese o no este su idioma doméstico.

La desaparición del imperio fue para Roth la tragedia de Europa, el origen del infierno que desataría el nazismo. Antinacionalista feroz y nostálgico de una Galicia abigarrada de lenguas, religiones y costumbres, nunca aceptó las nuevas fronteras ni las estabulaciones de la población en recintos étnicos uniformes, también llamados naciones. Lo natural para él era la mezcla bastarda, y en sus libros la gente se entiende en muchas lenguas condensadas en un alemán refinado de niño pedante y letraherido. Así era en la cosmopolita Brody y así era en el bloque de viviendas burguesas de su familia en Lemberg, donde su tío judío comerciante convivía con nobles menores polacos y viudas de ministros imperiales, todos mezclados en la ingenuidad de un vals. De aquel mundo salió y a él quiso regresar, aunque sólo lo consiguió en su literatura.

En uno de sus últimos artículos, en 1939, a las puertas de la catástrofe, escribió: «Desde que se ha puesto de moda que los hombres que viven en el mismo metro cuadrado deben valerse justamente de la misma lengua, las mismas costumbres y las mismas abuelas, ya no pueden entenderse».

Que me perdonen los puristas y los nacionalistas de toda nación, pero actualizar la toponimia sería una forma de traición al espíritu y al legado de Roth.

Nota sobre la selección literaria

Joseph Roth publicó en vida veintidós libros en el increíblemente corto periodo que va de 1924 a 1939. Seis más, entre ellos algunos de los más celebrados, quedaron inéditos y se publicaron en los años posteriores a su muerte, con suerte y resultados desiguales. Además, entre 1916 y el mismo día de su muerte (dejó algunos artículos terminados pero sin publicar) fue un periodista hiperproductivo en la prensa de Viena, Berlín y, al final, en la del exilio en París y Ámsterdam. Entre 1923 y 1933 fue la firma estrella del muy influyente *Frankfurter Zeitung*, lo que lo convirtió en el cronista más celebrado y seguramente leído del mundo germánico. Su obra periodística se sigue compilando en volúmenes temáticos (por viajes, por países, por género... Hay antologías que recogen sus artículos intimistas sobre los cafés; otras, sus alegatos contra el nazismo, etcétera) y está sometida a nuevos hallazgos cada vez que aparece otra colección de periódicos o alguien investiga en una hemeroteca. Su obra narrativa está completa y bien traducida al castellano. A diferencia de la periodística, es abarcable.

Roth murió joven, a los cuarenta y cinco años, y escribió rápido, mucho y bien. Hay varios itinerarios de lectura posibles. Se le puede empezar a disfrutar por muchas partes y en muchos órdenes, pero no es mi intención agotar aquí todas las posibilidades, sino centrarme en una selección de sus títulos que trace una idea coherente de quién fue. Es esta una lectura personal de un escritor que me apasiona, mediante una selección de textos subjetiva que no pretende sentar cátedra ni cuestionar las lecturas canónicas que la academia ha establecido de una figura que no siempre se ha considerado tan central e indiscutible como la consideramos hoy. Propongo un paseo por mi Joseph Roth, por aquellos aspectos que más me conmueven o creo entender mejor, que son los que me han permitido conocerme a mí mismo como escritor.

Al margen de mi admiración lectora, hay pocas cosas que me emparenten literariamente con Roth. Lo descubrí de adulto, no es uno de esos deslumbramientos de juventud. Debía de andar yo por los treinta —soy un lector caótico que no guarda registros de sus lecturas ni adorna su biblioteca con ex libris: de hecho, ni siquiera sé dónde está el ejemplar de *La leyenda del Santo Bebedor* que leí por primera vez; seguramente se lo regalé a alguien en un arrebato proselitista— y tenía mucho artículo cabalgado y un par de libritos publicados. No me podía influir como influyen los deslumbramientos juveniles porque yo ya había echado a caminar en busca de mi voz. Creo que hay poco de Roth en mi prosa, pero desde aquel primer golpe no ha dejado de acompañarme, y hoy lo tengo por uno de mis mejores amigos literarios, una presencia íntima y constante que me ha aliviado noches tenebrosas.

Quizá por eso, alguna vez he salvado el abismo artístico que nos separa y he encontrado afinidades sólidas. El periodismo es una de ellas. Roth fue un escritor de periódicos toda su vida. No usaba el articulismo como muleta, forma de activismo o para calmar la ansiedad de la influencia, sino como una expresión literaria de primer orden y un fin en sí mismo (esto es algo que desconcierta a muchos cínicos, que creen que escribimos en la prensa por alguna razón oscura y distinta a la de escribir en la prensa). Supongo que a él le extrañaría tanto como me extraña a mí cuando me preguntan si me canso del columnismo y si preferiría centrarme en los libros. Hay muchos escritores para los que la prensa es un fastidio, un trámite tan insoportable como hacer la declaración de la renta, pero unos pocos nos sentimos literariamente completos en nuestras tribunas. No somos escritores aislacionistas, nos gusta que las prosas se manchen de las basuras de los días. Roth y yo pertenecemos a esa misma raza, que se entiende mal con la raza de los exquisitos y los solipsistas.

Hay otros asuntos de fondo en su literatura con los que también me siento hermanado: su orfandad, la paternidad distante (paternidad sufrida, no ejercida), lo femenino como fortaleza, la obsesión por el legado, el gusto por lo provinciano y lo mínimo sin renunciar a una atalaya universal y la mirada marginal y desplazada sobre todas las cosas del mundo. No estoy preparado para mirar demasiado de cerca a algunas de estas cosas, pero en cada relectura se me hacen más dolientes y próximas.

Más allá de eso, hay un elemento anecdótico que me resulta muy familiar: su ingenuidad cínica. Roth fue un polemista que dejó pocos charcos por pisar. Vehemente, apasionadísimo, brillante y sarcástico, cayó a menudo en los dos abismos que se abren bajo los pies de los escribidores de periódico imprudentes: la injusticia y la contradicción. Fue con frecuencia injusto con los demás, a los que medía por raseros demasiado estrechos que antes se había aplicado a sí mismo. También, como todo polemista prolífico, fue contradictorio. No tenía una doctrina coherente, podía defender posiciones opuestas según las circunstancias, pero casi nunca estaban encuadradas en un programa militante o un pensamiento hegemónico. Lúcido o absurdo, Roth siempre iba a su aire. Sus posturas eran insólitas porque se enunciaban desde una ingenuidad voluntariosa.

El mundo de Roth fue un mundo intensamente politizado que parió los dos totalitarismos más atroces del siglo XX. Su voz se hizo relevante en un paisaje de trincheras ideológicas y encuadramientos partidistas. Julien Benda retrató esto en un panfleto titulado *La traición de los clérigos*, donde denunció que los intelectuales a partir de 1914 habían renunciado a su voz propia para ser portavoces de partidos y movimientos políticos, instrumentos de una guerra de propaganda que ahogó el debate libre.

En ese contexto, Joseph Roth era un verso libérrimo que irritaba a los etiquetadores. A veces parecía un comunista enfurecido, pero acto seguido escribía una loa a los aristócratas vieneses; otras veces, sonaba como un sionista socialista, pero al día siguiente se burlaba del sionismo y parodiaba sus modos rígidos y moralistas. Le mandaron a la URSS con la intención de que desmontase el comunismo y por poco se hizo ciudadano soviético, pero cuando los lectores se convencieron de que la propaganda leninista le había ganado para la causa, les desconcertó burlándose de la avaricia pequeñoburguesa del nuevo funcionariado ruso.

Los marxistas doctrinarios le acusaban de falta de solidez teórica. Roth juzgaba el mundo con la ligereza de un paseante, sin atender a la jerga ideológica o a las conveniencias estratégicas de cada momento político. Privilegiaba la originalidad de su mirada por encima de cualquier concesión doctrinal, y eso le hacía parecer un iluso, pese a que hoy sus observaciones y sátiras nos parezcan mil veces más inteligentes que cualquier farfolla mitinera. De hecho, para entender el desquiciado mundo de entreguerras es mucho más útil leer sus conversaciones con dios en Rusia que las crónicas de los turistas del ideal que comían ostras con Stalin.

A mi modo y salvando todas las distancias astronómicas, comulgo con esta forma de estar en la discusión pública, que me parece vigente y eterna. Prefiero que me acusen de tonto e ingenuo que de demasiado enterado. Prefiero que me acusen de lo que no soy a presumir de lo que me siento. Prefiero que me etiqueten a etiquetarme yo mismo. Para bien o para mal, sostengo que mi voz es sólo mía, cuando me equivoco y cuando acierto. Y como vivo, un siglo después, en una Europa tan politizada e histérica como la que vivió Roth (aunque mucho menos violenta y mucho más próspera), a veces me siento tan poco comprendido y tan poco acompañado como se sentía Roth.

Mis simpatías por el escritor trascienden la emoción de la lectura y mis ansias de aprender de los maestros. Por eso creo que esta aproximación a su obra tendrá un poco de esa ingenuidad consciente y presentará a quien la lea a un Joseph Roth algo alejado de los Joseph Roth que se dibujan desde la academia.

Este ensayo se centra fundamentalmente en seis obras que considero representativas y una buena introducción al universo rothiano. Cinco de ellas se publicaron en vida y una es póstuma. Se trata de *La marcha Radetzky*, *Job*, *Tarabas*, *El peso falso*, *Judíos errantes* y *La leyenda del Santo Bebedor*. Me apoyo en sus textos, los interpreto a mi manera, con mis ojos devotos de lector, pero también de colega aprendiz, y rastreo en sus prosas correspondencias y claves de la propia vida de Roth. Su obra es más amplia. Aunque he dicho que es abarcable, en cierta forma es también inagotable, riquísima en lecturas y códigos secretos. Aquí sólo invito al lector a unas catas. La decisión de sumergirse del todo (con sus riesgos) es completamente suya.

1. Nacionalismo borracho

Si hubiera vivido un poco más, apenas tres años, Joseph Roth habría asentido ante la escena de *Casablanca* en la que el mayor Strasser le pregunta a Rick por su nacionalidad. «Soy un borracho», responde este. Roth habría contestado lo mismo si alguien le hubiera preguntado. Todos sus lectores lo sabemos porque lo dejó clarísimo en sus libros, en sus dibujos y en lo que los biógrafos han descubierto de su vida. También sabemos que no le preguntaron por su nacionalidad, porque Roth fue al final de su fuga sin fin uno de los miles de apátridas que se morían del asco en la Francia a punto de rendirse ante Alemania. En un país lleno de refugiados con pasaporte Nansen (cuyo papel era tan malo que se deshacía al segundo trámite), la gente había perdido la costumbre de preguntarse por nacionalidades que ya no existían.

«Así soy realmente: maligno, borracho, pero lúcido. Joseph Roth», escribió en la dedicatoria de un autorretrato que se hizo en París en noviembre de 1938, seis meses antes de su muerte. Se dibujó a sí mismo en un papelote un poco mejor que el de los pasaportes de apátridas. En él se ve a un señor con traje y çorbata, flaco, que aparenta muchos más años de los cuarenta y cuatro que entonces tiene. Está sentado a una mesa donde hay una botella de sifón y dos copas, seguramente de Pernod. En el gesto se intuye que no es el primero que se toma. Aunque bien pudiera serlo, pues Roth era borracho de corto aguante. Le bastaban dos copas para ponerse estupendo, y aun así, no paraba de beber, en raciones gigantescas.

Para subrayar su nacionalidad compartida con el Rick de *Casablanca*, medio año después de aquel dibujo, cuando murió en París en la primavera de 1939, dejó unas cuantas deudas y un manuscrito titulado *La leyenda del Santo Bebedor*. Apenas un cuento, una de esas extrañas parábolas bíblicas que escribía para fascinación y desconcierto de su grey. ¿Hacen falta más pruebas de su nacionalismo borrachil?

Como la obra y la leyenda rara vez coinciden, la posteridad ha elegido ese librito como el que mejor representa a su autor. Para muchos de quienes lo descubrieron a partir de la década de 1970 fue su única experiencia con el mundo de Roth. La generación de mayosesentayochistas fue devota del Santo Bebedor, que interpretó como un manifiesto lisérgico (algo parecido, a mayor escala, le hicieron al pobre Hermann Hesse). Esta devoción compensó el olvido de las décadas anteriores y permitió que algunos saltasen más allá de los bistrós y de los *clochards* del París prebélico y se internaran en el resto de su obra. Porque Roth estuvo muerto y resucitó, pero el resucitado era muy distinto al vivo. Al resucitado le tenemos por borracho. El anterior nadie sabía qué era.

La placa que le recuerda en el que fue su último *domicilio* dice: «*Ici a résidé de 1937 à 1939 le célébre écrivain Autrichien Joseph Roth. Hommage de ses amis Autrichiens*» (Aquí residió de 1937 a 1939 el célebre escritor austriaco Joseph Roth. Homenaje de sus amigos austriacos). Pero Roth había renunciado solemnemente a su condición de austriaco tras el *Anchluss* que incorporó su país al Tercer Reich. En 1938 anunció al nuevo gobernador de la provincia austriaca que se ponía al servicio de Francia, la única nación donde sobrevivía la civilización de Europa.

Nació judío en lo que hoy es Ucrania en una ciudad pequeña de la Galicia, en la frontera oriental de los Habsburgo, donde se hablaba polaco, yidish, ruso y ucraniano, entre otros idiomas. Él habló alemán por elección, porque era la lengua del *gimnasium* (como se llamaban los exigentes institutos de bachillerato imperiales) y de los literatos y filósofos de Viena. Había abrazado el catolicismo al final de su vida, pero el judaísmo materno seguía siendo una seña de identidad. Entre las pocas posesiones que llevaba en su maleta de nómada estaban las filacterias que heredó de su familia. A veces se las ponía, aunque no para rezar (las filacterias son esas tiras rituales de cuero que llevan inscritos unos pasajes del Pentateuco y se colocan en la cabeza y en torno al brazo izquierdo para orar), sino para llorar y acordarse de su Galicia natal. La mayoría de las veces las sacaba borracho, cuando el Pernod le volvía nostálgico y depresivo. Por eso, sus amigos no sabían cómo enterrarlo. ¿Había que llamar a un rabino o a un cura? Solución: acabaron llamando a ambos.

¿Qué era Joseph Roth, si no era judío, ni católico, ni austriaco, ni alemán, ni polaco, ni soviético? Tampoco era un escritor germánico, pues se adelantó a la prohibición y quema de libros de los autores judíos en el Tercer Reich. Antes de que lo echasen, se marchó él y prohibió la edición de sus obras en territorio alemán. Era una chulería de borracho, el arrebato de dignidad del pendenciero ante la mirada amenazante del tabernero.

Joseph Roth era borracho, y como borracho debería haber sido enterrado y recordado en esa placa de París. Aunque *La leyenda del Santo Bebedor* se haya interpretado como un elogio del alcoholismo, es en realidad el testamento de una persona consumida por sus demonios. Andreas, el protagonista del cuento, un *clochard* al que un burgués filántropo presta doscientos francos para salir del paso, se sienta en un bistró a comer una comida decente, aunque sabe que acabará bebiendo una o dos botellas de absenta. En el bistró hay un espejo en el que el personaje se mira por primera vez en mucho tiempo: «No era bueno contemplar con sus propios ojos la depravación de uno mismo; mientras uno no se vea obligado a contemplar su propio rostro, es como si simplemente no se tenga (*sic*) rostro, o que este sea el antiguo, aquel de *antes* de caer en la depravación».

Me anticipo al reproche: no confundamos autor y personaje. El buen lector da al César de la realidad lo que es del César, y al Papa de la ficción lo que es del Papa. Desde chiquitos nos enseñan a distinguir la vida y las opiniones del escritor de las de sus personajes, y los más refinados sostienen que el narrador es un ente distinto del autor. Las normas de la literatura están claras en teoría, pero aquí no voy a ser un buen lector. Tal vez esos escrúpulos de profesor sirvan para comprender algunos libros limpios y precisos, pero son inútiles para Joseph Roth. Si nos ponemos tan finos, su literatura se nos escapará sin dejarnos un mal poso.

Conviene, contra toda prevención estética, ceder a la tentación de verlo proyectado en Andreas. Es Roth quien se mira al espejo del café Tournon (que aún existe, al lado del Senado, pero pueden ahorrarse la decepción de la visita: es uno de esos sitios infames para turistas) y quien no soporta el reflejo. Es Roth quien abraza resignado su condición de borracho. Sin orgullo, pero tampoco tragedia. Sabe quién es, sabe cómo se ve y sabe cómo le ven los demás. Ha escrito muchas veces sobre la depravación que provoca el alcohol en los hombres. Sabe bien que los pierde y sabe bien que él está perdido, por eso no acepta consejos, promesas de redención ni broncas de amigos, como el pesado Stefan Zweig, que le reprocha que se le vayan en licor los préstamos a fondo perdido que le hace. Muchos de sus personajes se perdieron al aceptar una invitación en una taberna. Sus libros están llenos de mesoneros y de borrachos. Mesoneros ruines y borrachos generosos, borrachos homicidas y mesoneros filántropos. La taberna, el café, el restaurante o el bar de un hotel son escenarios constantes. Hasta en las familias más virtuosas hay un personaje que se pierde en el licor. Nadie resiste la sed.

Se ha leído a Joseph Roth como profeta del Holocausto (en eso comparte honor con Kafka) y como notario del mundo de ayer, aunque el título y la gloria se los quedó su amigo funesto Zweig. Se le ha leído como cronista oficial del Imperio austrohúngaro (*La marcha Radetzky* y *La Cripta de los Capuchinos*) y como el último escritor judío del este de Europa antes de la extinción (*Judíos errantes, Job, Tarabas* y *La leyenda del Santo Bebedor*). Se le ha leído también como polemista temible, moralista soliviantado y maestro de periodistas (sus viajes por la URSS y por Francia son cumbres del género, y Roth fue, hasta 1933, uno de los corresponsales mejor pagados y más leídos de su tiempo). Se le ha leído, en fin, como uno de esos rabinos alucinados y milagrosos que aparecen en algunas de sus novelas y que tan habituales eran en la Mitteleuropa anterior a 1939 (*La sucursal del infierno en la tierra* o ese delirio tan hipnótico como ilegible titulado *El Anticristo*).

No pocos lectores modernos han llegado a Roth siguiendo el rastro de miguitas que dejó Stefan Zweig, su gran y tormentoso amigo. De su amistad hay mucha documentación, sobre todo una larga correspondencia parcialmente publicada, y es inevitable que las tragedias de ambos (la muerte alcoholizada de Roth en 1939; el suicidio de Zweig en 1942) se hayan fundido en una sola.

Zweig tenía trece años más que Roth y ya era un escritor solicitado cuando nuestro amigo llegó a Viena en los años previos a la Gran Guerra. Se conocieron en los cafés, dos judíos ansiosos por asimilarse en el club de la alta cultura germánica, y tuvieron desde el principio una relación simbiótica de padrino y protegido. El éxito sideral de Zweig tras la guerra, con las novelitas sentimentales de *Amok* o *Carta de una desconocida*, le indujo a tutelar la carrera de cuantos escritores jóvenes vieneses encontró, Roth incluido. El gran Zweig se convirtió en un apóstol del rothismo de primera hora, pero su amigo no le correspondió. El cariño fue más o menos mutuo hasta el año nefasto de 1936, pero la admiración nunca corrió en ambas direcciones. Zweig tenía a Roth (yo creo que acertadamente) por un grandísimo genio de la literatura. Roth, en cambio, compartía el prejuicio de la mayoría de la intelectualidad europea, que tenía a Stefan Zweig por un novelista menor, sin fuste ni fondo, que se dirigía a un público de señoritas cursis. Dice mucho de la generosidad de Zweig que, sabedor del desprecio literario que Roth sentía por su obra —que no era extensible a sus biografías, que sí le gustaban—, nunca aflojó en su admiración rendida hacia la prosa de su amigo. Incluso cuando ya habían roto por desavenencias políticas, Zweig siguió preocupándose por su suerte y promocionando sus libros.

Yo no creo que esta amistad fuera la más importante de Roth, pero sí es la mejor documentada. Roth vivía rodeado de otros amigos con los que no tenía necesidad de cartearse, pues se veía a diario con ellos, y de esas conversaciones (sin duda más relevantes que cualquier correspondencia) no sabemos apenas nada. Además de las cartas, tenemos una foto tomada en la playa de Ostende en el verano de 1936, la última que se les hizo juntos, durante unos días de vacaciones. En aquel encuentro discutieron mucho y muy violentamente. Roth afeaba a Zweig su blandura con el nazismo. El año anterior, coincidiendo con la promulgación de las leyes raciales de Núremberg, se había estrenado en Dresde la ópera de Richard Strauss *La mujer silenciosa*, basada en la novela homónima de Zweig y con libreto del escritor. Roth consideraba esto una traición a los exiliados y una forma vil de colaboracionismo. Para Zweig —no hay motivos para dudar de su sinceridad, por equivocado que fuese su criterio—, la relación con Strauss era una manera de mantenerse en contacto con el público alemán y burlar la censura nazi. Condenados a no entenderse, los dos amigos son hoy los héroes del fin de Europa. En el naufragio de sus vidas se hunden la civilización y la gran cultura alemana, y para muchos lectores contemporáneos sus libros están unidos. No fue así en vida de ambos. Si viviesen hoy, Roth sería considerado un autor literario, y Zweig, uno comercial. El primero se llevaría la gloria, y el segundo, el dinero. Pero la muerte, si no los ha igualado, al menos los ha vuelto a hermanar. Es muy difícil separarlos.

Al margen de tragedias vitales y apocalipsis nazis, la lectura más recurrente de los libros de Joseph Roth —y la dominante hoy— es la judía. Gracias a Claudio Magris, que señaló las claves bíblicas de su narrativa y su conexión con las tradiciones orales rabínicas del centro de Europa, Joseph Roth es hoy más judío que casi cualquier otra cosa. Su estilo, sus personajes y sus argumentos proceden de la verborrea ambulante, difundida en yidish o en polaco, de los judíos pobres y de los rabinos de pueblo que aleccionaban a su comunidad con cuentos que traducían pasajes de la Biblia o enseñanzas del Talmud. Algunos rasgos de Roth que se tomaron por vanguardia (los personajes arquetípicos, la distancia del narrador con lo narrado, cierta tendencia a eludir la emoción incluso en los momentos más trágicos...) eran en realidad convenciones de las tradiciones orales que había escuchado de niño, del mismo modo que Lorca se inspiró en el cante jondo y en las tradiciones andaluzas populares para su poesía y su teatro. Esto es muy interesante y, en buena medida, lo convierte en un escritor único, un verso en verdad libre en la literatura del siglo XX. Roth no se parece a ningún otro escritor. Está fuera de modas y cánones. No escribe a favor ni en contra de ninguna tradición. La única filiación clara que se le ha encontrado es ese hilo popular y religioso que Hannah Arendt llamó la *tradición oculta*.

Hablaré de su judaísmo y de sus raíces orales en una Europa que Hitler arrasó, pero la lectura que planteo se centra en el Joseph Roth borracho. El alcoholismo también definió su estilo y su manera de entender la literatura, y aquí propongo leer a Roth como un borracho en lucha consigo mismo. Un escritor que sabe que el Pernod y la absenta le están secando el cerebro y las fuentes de su talento e inventa estrategias para mantenerse a flote.

Cada vez le cuesta más escribir. Concentrarse unas pocas horas es un reto que no siempre supera. Al final de su vida, sólo pasa sobrio una parte del día. Dispone de muy poco tiempo de lucidez y debe adaptar su manera de escribir para seguir terminando libros. No es que no quiera renunciar a la literatura, es que no puede. Necesita el dinero para pagar la cuenta del hotel Foyot —y luego del hotel de la Poste, cuando el ayuntamiento de París amplíe la calle y derribe el primer hotel—, necesita seguir facturando manuscritos para cobrar anticipos editoriales. No puede permitirse el lujo de Andreas y entregarse por completo al alcohol. Debe mantenerse despierto un rato cada día y aprovechar muy bien los minutos que pasa encorvado en la mesa del café Tournon antes de que se le suba a la cabeza la primera copa.

Me conmueve la resistencia de este personaje frágil y apátrida que prefiguró su perdición y su muerte en la perdición y la muerte de muchos de sus personajes. Me conmueven las estrategias que inventó para seguir escribiendo páginas magníficas y rematando fábulas mágicas. Al final ya no era capaz de escribir una gran novela. Sabía que sus grandes libros eran cosa del pasado, de cuando podía sobreponerse a la borrachera y las resacas duraban menos. Ya no escribirá otra *marcha Radetzky* ni otro *Job*, pero se esfuerza muchísimo por gestionar una lucidez que mengua, y mantiene el tipo en libros cortos, hechos a la medida de su capacidad, aunque nunca menores. Roth fue brillante hasta el final. Incluso después de muerto, pues *La leyenda del Santo Bebedor* es póstuma. No desdeñaré otras claves para entender su obra, pero el alcohol me va a guiar por este viaje al corazón literario de Joseph Roth. Si gustan, déjenme llamar al camarero para que nos sirva la primera ronda. Yo tomaré Pernod.

2. El judío huérfano

Para entender la literatura de Joseph Roth hay que entender antes su vida y su mundo. Unos apuntes biográficos de su infancia y primerísima juventud bastarán para ponernos en situación.

Como muchos otros niños, Roth nació con dos nombres: Moses Joseph. El primero, hebreo; el segundo, germánico-católico (también hebreo, en realidad, aunque de uso más común entre germanos). En casa le llamaban Muniu, un apócope cariñoso del nombre judío, pero para la literatura y el mundo escogió el que sonaba más imperial. Lo hizo en el *gimnasium*, cuando descubrió la gran tradición literaria alemana gracias a un profesor polaco, Max Landau, con quien mantendría correspondencia muchos años. Se puede decir que Roth nació Moses pero se hizo Joseph cuando decidió que su patria sería la de Goethe y la de Schiller, una patria de palabras y sintaxis, y en la tensión entre los dos nombres, el doméstico y el público, se explica la mitad de su misterio.

No es este un rasgo particularmente extraño. Mucha gente tiene un nombre familiar y otro para la vida de fuera, pero en el caso de un judío nacido al rayar el siglo XX en uno de los confines de lo que entonces se tenía por mundo civilizado, el nombre era algo más que una inercia o una costumbre. A menudo, era una declaración de intenciones.

Llamarse Roth fue también una decisión meditada. Si Joseph remitía al emperador de Viena y a señores elegantes que leen el periódico en el café, Roth era un apellido inequívocamente judío, una marca de *shtetl*. Mantenerlo era una manera de decir que no se asimilaría del todo, que su deseo de integrarse en la gran casa de la alta cultura germánica no suponía renegar de sus raíces, como habían hecho tantos conversos. Él no se avergonzaba de las barbas y los rizos de los judíos sencillos y provincianos entre los que se crió y no le importaba que los señorones antisemitas de Viena se burlaran. Sería tanto Joseph como Roth, y en su vida adulta, cuando la fama empezase a incordiarlo, lo mismo se definiría como «oficial del ejército imperial» que como «un pobre judío de la Galicia». Desde los trece años, estaba decidido a ser ambas cosas a su manera: un judío sin complejos ni vergüenza (aunque muy distante del sionismo y de cualquier forma de militancia identitaria) y un vienés cosmopolita con domicilio en cualquier hotel de Europa (además de escribir un alemán elegantísimo y literario, dominaba el francés y el ruso, podía hablar en yidish si la situación lo exigía, se defendía en polaco, chapurreaba ucraniano y podía maldecir un poquito en húngaro, todo lo cual lo convertía en el reportero perfecto para contarle a los alemanes cultos qué pasaba en el lejano Este).

Eligió Roth cuando podría haberse quedado con el apellido materno, Grübel, mucho más tolerable para los oídos vieneses. Eligió Roth aunque era el apellido de un canalla que no merecía perdurar en la figura de uno de los grandes escritores del siglo XX. Nechum Roth, su padre biológico —qué bonito es usar la biología como forma de negación— fue un sinvergüenza y un lunático. Era uno de esos comerciantes judíos que viajaban por las ciudades y pueblos de la Galicia, acumulando deudas y trapisondas. De joven, el hijo les contó a todos que su padre era un oficial imperial que se había distinguido en la guerra contra Prusia, como el primer Trotta de *La marcha Radetzky*. Muchos lo creyeron, y el primer obituario que se publicó en Francia mantenía la fantasía del Joseph Roth hijo de un militar heroico. La verdad, que muy pocos sabían, era que Nechum Roth, como tantos otros buscavidas, desapareció antes de nacer su hijo, abandonando a su madre a su suerte. Años después Joseph supo que se había suicidado en un pueblo en 1910, tras pasar una temporada con un rabino milagroso que, al intentar sanarle con ritos religiosos, lo terminó de enloquecer. La literatura de Roth está llena de rabinos milagrosos.

Moses Joseph Roth nació en 1894 en Brody, un cruce de caminos del lejano Este en un extremo de la Galicia, cerca de la frontera con otro imperio, el ruso. Lo criaron entre su madre, Maria Grübel, y su abuelo materno, Jechiel, un sastre erudito que estudiaba la Torá con el rabino Salomon Kruger, una eminencia de la rama conservadora del judaísmo que dominaba aquella región. El abuelo hablaba yidish, un idioma que la madre usaba sólo para insultar y maldecir. Para cantar, prefería el ucraniano, y la infancia de Roth estuvo ambientada por la voz de su madre —por lo visto, bellísima— entonando canciones populares ucranianas mientras trajinaba por la casa. Pero la lengua oficial del domicilio era el alemán. Jechiel y Maria murmuraban en yidish, aunque en presencia del niño cambiaban al alemán porque habían decidido que ese mocoso precoz, que apuntaba tan buenas maneras para la escuela y destacaba tantísimo en un sistema de enseñanza donde los judíos solían fracasar, tenía que hablar la lengua del emperador y abrirse camino en Viena. Al hermano de su madre, el tío Sigmund, próspero y tacaño comerciante instalado en Lemberg, le parecía estupendo que el sobrino listo se educase en alemán y prosperase en la administración del imperio. La madre cuidaba de la educación, el abuelo le conectaba con sus raíces hebreas y Sigmund financiaba todo con una generosidad un poco chantajista que provocó en el sobrino un resentimiento irreconciliable.

Maria se aseguraba cada mañana de que Muniu llegaba a clase puntual. Le cogía de la mano y lo dejaba en la puerta del colegio, incluso cuando ya era demasiado mayor y el resto de los alumnos iban solos. Quizá no se fiaba del sentido de la disciplina de los Roth: a ver si sale al padre, pensaba, y se pierde y no le vemos más. Maria sólo le exigía una cosa a su hijo: que estudiase, que fuera el mejor. Así consiguió que ingresara en el *gimnasium*, donde los judíos eran una minoría (aunque casi todos los habitantes de Brody eran judíos, los alumnos del *gimnasium* eran católicos, hijos de los burgueses y de la aristocracia polaca local, presidida por el príncipe Potocki, dueño del castillo), y más tarde a la universidad de Lemberg, donde los judíos tenían un cupo máximo de plazas. Sin la tutoría —más financiera que moral— del tío Sigmund, en cuyo piso amplio del centro de Lemberg atisbó los primeros panoramas del gran mundo, y sin la persistencia insobornable de Maria Grübel, hoy no tendríamos *La marcha Radetzky* y Muniu habría sido un sastre, un comerciante, un judío más de Brody. Y, aun así, su hijo no quiso llamarse Grübel. Se plantó en Roth, el padre miserable, el único que no había contribuido en nada.

Galicia fue la última región que se incorporó al imperio, en tiempos de la emperatriz María Teresa, y sus judíos eran los súbditos más devotos de la monarquía porque sabían cómo las gastaban los zares y los rusos del otro lado de la frontera. En el dominio de los Habsburgo no había pogromos y las leyes discriminatorias se iban suprimiendo poco a poco, conforme se abría paso un parlamentarismo seudodemocrático no muy distinto del liberalismo corrupto y caciquil que regía en España o en Italia. Sin ser ciudadanos de primera —ni siquiera existía la noción de ciudadanía en aquel régimen—, los judíos podían ser libres y prosperar. La relativa benevolencia del Estado (en comparación con el antisemitismo criminal de Rusia) propició una emigración masiva de judíos a Viena a finales del siglo XIX, donde pronto revolucionaron el paisaje conservador y católico de la corte y dominaron las profesiones liberales, la medicina, las finanzas y las artes. Bajo la regla de los zares, los niños del *shtetl* se preguntaban cuándo llegarían las turbas a incendiar el pueblo, y su única escuela era la que montaba el rabino. Bajo los Habsburgo, los niños del *shtetl* soñaban con aprender alemán, ir a la universidad y vivir en una casa grande en Viena con un coche de caballos y dos criados.

Joseph Roth nació en ese ambiente de promesas de prosperidad que explica su fe absoluta en la monarquía y su nostalgia reaccionaria cuando esta cayó en 1919. Creció convencido de que el Imperio austrohúngaro era lo mejor que les había pasado a los judíos desde la destrucción del segundo templo de Jerusalén, y con esa convicción radical escribió la elegía más hermosa que un país extinto ha tenido.

3. El libro bandera

Casi todos los escritores se asocian a un libro. Con suerte, a dos (Tolstói puede ser *Guerra y paz* o *Ana Karenina* indistintamente). Con mucha suerte, a tres (Dickens es *Pickwick*, *Oliver Twist* y *Grandes esperanzas*). Con una suerte fabulosamente improbable, a más de cinco (quizá sea el caso de Galdós o de Verne, y sin duda lo es el de Shakespeare). Cervantes es su Quijote; Flaubert, su Bovary; Melville, su Moby Dick; Clarín, su Regenta; Poe, su cuervo; Mann, su montaña mágica; Nabokov, su Lolita; las Brönte, sus cumbres; García Márquez, sus cien años, y Proust, su tiempo perdido. Yo soy para muchos mi España vacía, y aunque tengo esperanzas de ser algo más (he alcanzado la edad en la que Roth murió, lo que debería desanimarme en muchos sentidos, pero creo que mi hígado resistirá alguna que otra década de propina), no puedo obviar la posibilidad de que ese acabe siendo mi sello. Habré tenido suerte, en tal caso. Para un escritor, encasillarse significa que ha escrito un par de cosas valiosas que merecen convertirse en clichés, pues toda la bisutería que pasa de mano en mano ha sido en su origen una joya única.

Joseph Roth se encasilló en *La marcha Radetzky*. Fue la única de sus novelas que mereció una segunda parte o, en lenguaje cinematográfico, un *spin off*, *La Cripta de los Capuchinos*. Cuando el nombre de un autor se adhiere con tanta fuerza a una de sus obras se produce un efecto dual de maldición-bendición. El escritor querrá sacudírsela de encima y al mismo tiempo llevarla de bandera. Se reconocerá en ella y se odiará, como un espejo del que no se puede apartar la mirada y en el que unas mañanas te ves feo y otras piensas que no estás tan mal, después de todo. El lector atento ya habrá intuido que los espejos son muy importantes en Roth.

Para los lectores, estos libros-bandera son un problema, como lo son los grandes éxitos de los grupos de pop o las melodías que tararea todo el mundo. Un buen fan de los Beatles nunca escogerá *Yesterday* o *Yellow Submarine* como su canción favorita, como el melómano beethoveniano rara vez escogerá la Quinta como primera elección para escuchar un domingo por la tarde. El experto prefiere una pieza poco conocida, la cara B de un sencillo, una rareza que nunca tocaron en un concierto. Del mismo modo, el buen lector de un escritor casi nunca escoge su libro-bandera. Puede que lo desprecie incluso, y siempre citará como lo más soberbio un libro poco leído y oscuro (y si no está traducido, mejor).

Por supuesto que hay mucho de esnobismo en esta actitud, pero también hay un poso de verdad: los escritores casi nunca están del todo en sus libros-bandera. En algunos casos, estos son una rareza en el conjunto de su obra, ni de cerca representativos de la misma. Al lector neófito que quiere conocer a un autor se le plantea el dilema de por dónde empezar: ¿por la puerta principal o por las gateras? Hoy, la mayoría de la gente prefiere entrar a Roth por el ventanuco de *La leyenda del Santo Bebedor*. Aunque yo defienda el borrachismo del escritor como su rasgo principal, desaconsejo ese acceso tabernario y propongo abordarlo desde el tópico militarista e imperial, metiéndonos en la única gran novela que escribió este compositor de libros pequeños y huidizos. Sólo empezando por *La marcha Radetzky* se puede entender qué es y qué no es la literatura de Joseph Roth.

«En tiempos, antes de la Gran Guerra, cuando se dieron los acontecimientos que recogen estas páginas, aún no era indiferente si una persona vivía o moría. Cuando alguien era arrancado del rebaño de los vivos, no aparecía otro al instante para que olvidasen al difunto, sino que quedaba el hueco donde él faltaba y los testigos cercanos o lejanos de su desaparición guardaban silencio cada vez que veían ese hueco». Podría ser un comienzo magnífico, pero no empieza así *La marcha Radetzky*. Este pasaje corresponde al final de la primera parte, muy avanzada la acción, cuando el lector ya está ganado para la causa austrohúngara pero tal vez no sepa aún qué quiere contarle el autor. Descubre aquí que el libro es un responso, una manera de velar el cadáver de un país que casi nadie echaba de menos en 1932, el año en que se publicó la novela.

Un poco más adelante, el narrador dice de Carl Joseph, uno de los protagonistas: «Si no sintiera la oscura y enigmática mirada de su abuelo [que le contempla desde un retrato al óleo que pasa de generación en generación] en la nuca todo el tiempo, quién sabe cuán penosamente iría dando tumbos por esta vida tan difícil. Sólo se volvía valiente cuando pensaba en el héroe de Solferino. Siempre había que volver al abuelo para recobrar un poco de fuerza». Los muertos de la monarquía desaparecida vigilan a los vivos desnortados de la Europa prenazi. Los pocos que, como Roth, aún se acuerdan de los huecos que dejaron y observan sus retratos antiguos, podrán salvarse del caos y del infierno.

La marcha Radetzky cuenta la historia de tres generaciones de la familia Trotta, desde que el abuelo salva la vida al emperador Francisco José en la batalla de Solferino de 1866 hasta que el nieto presencia la desaparición del imperio en la Gran Guerra. Trotta, un soldado plebeyo, tuvo el acto reflejo de abalanzarse sobre el emperador y echarlo a tierra, librándolo de las balas prusianas. Fue algo instintivo, en absoluto heroico, pero el bueno de Francisco José se lo agradeció con un título nobiliario (los Von Trotta) y un cargo provincial en la administración de la monarquía.

Desde entonces, los Trotta llevan una vida tranquila y vinculada al ejército, donde deben servir sus hombres como oficiales para renovar la gratitud al emperador. Este se hace viejo (su reinado fue de los más largos de la historia de las monarquías: empezó en 1848 y terminó en 1916), pero nunca olvida al soldado que le salvó la vida en Solferino. Cada vez que los Trotta necesitan un favor imperial, pueden estar seguros de que Francisco José les recibirá, recordará al abuelo y les complacerá en la medida que su dignidad lo permita. Por suerte, los leales Trotta nunca piden imposibles. Viena y el palacio de Hoffburg, por cuyos ventanales se filtra una luz antigua y declinante, serán escenarios puntuales de una novela típicamente provinciana.

El arco temporal coincide con el nacimiento y muerte del Imperio austrohúngaro, también conocida como monarquía dual. La batalla de Solferino fue una derrota traumática para la dignidad austriaca que marcó el fin de la hegemonía de los Habsburgo en la Confederación Germánica (lo que, desde la Edad Media, se llamaba Sacro Imperio Romano Germánico). La victoria de Prusia desplazó el poder a Berlín, que no tardaría en conseguir la unificación de Alemania. La monarquía austriaca quedó en la ruina y con un territorio mermado, sin capacidad para contener las furias nacionalistas que asaeteaban Viena. Los austriacos no estaban dispuestos a ser engullidos por los prusianos en la nueva Alemania, pero tampoco tenían capacidad para mantener el orden y la unidad dentro de sus fronteras. Por eso cambiaron de estrategia y abrazaron lo que hoy llamaríamos multiculturalismo y multinacionalismo. Francisco José aceptó ser rey de Hungría, además de emperador de Austria, y establecer dos capitales, Budapest y Viena, cada una con su parlamento, su gobierno y su administración. El imperio mantenía la moneda, la educación, la política exterior y el ejército, pero las nacionalidades (no sólo la húngara) ganaron una autonomía política enorme.

Bajo el sol amable del Imperio austrohúngaro florecieron culturas hasta entonces eclipsadas por el poderío de la lengua, la música y el pensamiento germánicos. Los checos, los rumanos, los eslovacos, los serbios, los eslovenos, los italianos de Trieste y Dalmacia, los ucranianos y los polacos aprovecharon la nueva libertad para desquitarse de siglos de silencio. Músicos como el húngaro Béla Bartok o el checo Antonin Dvorak rescataron tradiciones folclóricas que llevaron a los escenarios de Mozart y Beethoven (Bartok incluso se atrevió a satirizar el himno imperial, el «Gott erhalte» de Haydn); los periódicos de Viena se llenaron de cronistas mordaces que no se tomaban nada en serio, como el bohemio (checo) Karl Kraus, y la capital, desentendida de pomporrutas imperiales, vio nacer el psicoanálisis, la arquitectura y la música modernas (el minimalismo y la segunda escuela de Viena) o la filosofía de vanguardia (Wittgenstein). La decadencia de la monarquía de los Habsburgo supuso una revolución cultural en cuyos ecos aún vivimos los occidentales, y el joven Joseph Roth fue un hijo privilegiado de aquello, pues asistió alucinado al declinar civilizatorio más pródigo y fértil de todos los imperios caídos. El Imperio austrohúngaro era una supernova que, al explotar, dejaba un rastro de luz cegadora en todo el mundo.

Pero la luz de *La marcha Radetzky* no deslumbra. La novela que relata el final de la monarquía es una narración quieta, compuesta por escenas pictóricas y a menudo estáticas sostenidas por la prosa limpia y penetrante de Roth. Buena parte del libro transcurre por la tarde y al anochecer, con una luz matizada que empasta sombras largas en las cortinas, los sillones y las alfombras. Todo dice adiós en un mundo que los Trotta saben que sólo existe en ellos. El lector perspicaz entiende enseguida que el imperio es, simplemente, la mirada de un cuadro antiguo, el paseo matutino del abuelo Trotta o cualquiera de sus rituales. Fuera de eso, las gentes hablan cada cual su lengua y están a sus cosas. No hay un Estado ni una sociedad, el imperio es un funcionario solitario al que nadie hace caso. Sólo cuando una banda militar acomete *La marcha Radetzky*, la pieza que Joseph Strauss padre compuso tras la batalla de Solferino, parece algo real. Pero la ilusión se deshace en cuanto termina el último compás.

La marcha Radetzky es una novela atípica que puede leerse como una novela convencional. En apariencia, sigue los cánones del siglo XIX (narrador omnisciente, cronología lineal, personajes redondos y complejos que evolucionan con la acción, etcétera), pero una mirada atenta desvela que está compuesta por escenas no siempre ligadas con recursos narrativos ortodoxos, sino yuxtapuestas casi al azar, como si Roth las hubiera escrito en desorden y las hubiera ensamblado con criterios más estéticos que de lógica narrativa, más para imbuir al lector un estado de ánimo que por voluntad de contarle una historia. Una mirada un poco más atenta aun revela que apenas sucede nada, que todo son sensaciones, ambientes, cuadros, luz que decae, fósforos que se encienden y diálogos mudos. *La marcha Radetzky* está más cerca de Proust que de *Guerra y paz*, y esa es su trampa fatal: parece una novela del XIX, pero es del XX, con todo lo que eso significa.

La otra trampa tiene que ver con lo que escribía más arriba sobre los grandes éxitos y los libros-bandera: parece una obra distinta e impropia de la narrativa de Roth (casi todos sus libros son breves, cuentísticos, alegóricos, crípticos, irónicos, antisentimentales y con un sesgo de cronista y ensayista), pero en realidad es muy característica. Sobre todo, porque es su primera novela borracha. La patria en la que viven los Trotta no es el Imperio austro-húngaro, sino el alcohol. *La marcha Radetzky* es un libro de hombres solitarios que recurren a la embriaguez para conectar con otros hombres. Así se enfrentó Carl Joseph a la muerte de su padre el día de su entierro:

«Es obligado despedirse. Una pequeña despedida en el casino. Una ronda de aguardiente. Breve discurso del coronel. Una botella de vino. Cordiales apretones de manos de los camaradas. A sus espaldas empezarían ya los cuchicheos. Una botella de champán. Tal vez, quién sabe, surge todavía una excursión colectiva al local de la señora Resi. Otra ronda de aguardiente». *A sus espaldas empezarían ya los cuchicheos*: sólo un alcohólico podría escribir una frase así.

Roth empezó a trabajar en *La marcha Radetzky* en 1930. Sabemos que llevaba bebiendo sin control desde, por lo menos, 1925 (es el año en que se documentan los primeros testimonios preocupados de sus amigos, tras unas curdas salvajes en Marsella, donde escribía crónicas para la prensa alemana: se confesó enfermo por primera vez, sentía el hígado inflamado), pero el alcoholismo no había aparecido aún en su obra. Es en *La marcha Radetzky* donde emerge el borracho que ya no desaparecerá.

En 1930, Roth tiene treinta y seis años, gana mucho dinero pero gasta todavía más. Su primera mujer, Friederike, sufre una esquizofrenia que le ha llevado a ser internada en un sanatorio carísimo que consume sus ingresos. El escritor narró su enfermedad, su ingreso y su abandono en el manicomio en *Job*: Mirjam, la hija de Mendel Singer, es sedada e internada en Nueva York, donde la encierran en una celda que parece un ataúd blanco. Que Roth transcribiese en la ficción a su esposa de la realidad como la hija de la familia protagonista de su mejor novela quizá fue una forma freudiana —estamos hablando de un literato vienés, después de todo— de marcar distancias y atemperar el dolor engañándose a sí mismo. Desde los primeros síntomas de su locura, ya no podía ver a Friederike como su esposa y adoptó hacia ella una mirada más paternal, asexuada, la del desgraciado judío ruso Mendel Singer, de quien luego escribiré. Así, abandonarla fue más fácil.

Desde su fichaje en 1923 por el *Frankfurter Zeitung* (no confundir con el actual *Frankfurter Allgemeine Zeitung*), Joseph Roth es un periodista estrella que viaja como corresponsal por medio mundo. Tras unos cuantos intentos, ha conocido el éxito como escritor, gracias a la exquisita y perturbadora *Job* (1930), que le ha quitado el sambenito de cronista literario o de autor de miniaturas y cuentos y ha hecho que al fin los críticos lo tomen en serio. La editorial Phaidon le ha encargado un libro de viajes por el Orient Express por el que le ha pagado un buen anticipo, pero Roth, en vez de comprar los billetes para el tren y ponerse a trabajar, se ha ido a la Costa Azul y se ha gastado todo el anticipo en hoteles, en Pernod y en amantes jóvenes que le consuelen de la tragedia de Friederike. Phaidon le reclama el dinero, ya que no entrega el libro, pero Roth se hace el sueco porque no lo tiene.

Poco después conocerá a una mujer alemana exótica y rarísima, con dos hijos a su cargo, y emprenderá una relación con ella cubriendo todos los gastos. Tiene, por tanto, una familia, una primera mujer internada en un sanatorio y muchas cuentas de hoteles y de bares por valor de miles de francos en París, en Niza, en Marsella, en Viena, en Berlín o en las playas de los Países Bajos. Cuando la escritura de *La marcha Radetzky* empieza a coger forma, su vida está fuera de los raíles y sólo encuentra paz ante las páginas en blanco.

Por las cartas que le mandaba a Stefan Zweig sabemos que escribió su gran novela austrohúngara en un estado de desorden y embriaguez preocupantes incluso para él. En una borrachera, llegó a perder el manuscrito en el asiento trasero de un taxi de París y sólo recuperó una parte, después de una pesquisa casi policial. Tuvo que reescribir lo perdido. Seguramente fue para bien, porque lo reescribió casi sobrio. Tras el disgusto, se puso *a dieta*, que era lo más parecido a dejar de beber para Roth: consistía en beber sólo vino y no tomar licores durante una temporada.

La marcha Radetzky también tiene momentos de dieta. No todo es embriaguez ni culpa ni autodesprecio. En sus cuadros de luz suave, con el esfumado poético que Roth aplicaba a su fraseo corto y elusivo de cualquier desbarre oratorio, se quedó flotando alguna que otra verdad que sólo los lectores lentos apreciarán. No es la lucidez del borracho, sino la que antecede a la curda, la sabiduría vital y amorosísima propia de un judío errante.

Hacia el final del libro, Roth caracteriza al último Trotta (el teniente Trotta), ya tan arruinado como el imperio, como alguien inculto («no tenía gusto literario en absoluto») que apenas había leído novelitas populares y sentimentales de quiosco. Había cultivado por ellas «un rechazo visceral hacia la sensiblería de aquellos libritos y hacia sus adorables personajes». El narrador censura esa dureza casi cínica del personaje y la comenta con displicencia:

«No tenía la suficiente experiencia el teniente Trotta como para saber que también en la vida real existían los jóvenes campesinos sin desbastar, pero de corazón noble, y que en los libros malos se escriben muchas cosas del mundo real que son verdad: lo que están es mal escritas. En el fondo, el teniente Trotta no tenía mucha experiencia en nada».

Detengámonos un poco en este párrafo, mucho más revelador de lo que parece (Roth dice casi todo lo importante como sin querer y cuando ya se está yendo). El narrador de *La marcha Radetzky* parece aquí un poco achispado. Quizá se ha tomado a sorbos medio Pernod o una copita de burdeos, pero aún no le brillan los ojos ni se le deforma la sonrisa en mueca. Tiene la lucidez de un sabio y el atrevimiento de un niño travieso, y desde esa postura en el velador del café, el mundo se le presenta elemental. Ha visto muchas cosas, ha estado en todas partes, es uno de los hombres más sofisticados, inteligentes, mundanos, perspicaces y rápidos de Europa, y desde su atalaya hipercivilizada e hipercosmopolita ha comprendido que la ingenuidad de los «jóvenes campesinos sin desbastar» no es un punto de partida, sino de llegada, una aspiración. El sabio admira la bondad simple y sufre la complejidad del mundo como una maldición, un frac incómodo que aprieta, tira y lleva demasiados botones.

La literatura de Joseph Roth es un empeño en desandar el camino de lo complejo para alcanzar la plenitud de lo simple. No es esta una mirada tan antimoderna como parece. Al contrario, concuerda con las corrientes artísticas y de pensamiento de su época, que reaccionan a la incomprensibilidad e indecibilidad de un mundo que se ha vuelto demasiado grande, demasiado cruel, demasiado abarrotado, demasiado luminoso, demasiado ruidoso, demasiado rápido, demasiado sucio y demasiado injusto. Roth, como tantos de su generación, ha visto una revolución demográfica, con migraciones masivas como nunca se habían conocido, imperios que caen, revoluciones políticas, matanzas y guerras totales que dejaron un continente de viudas y hombres tullidos. La cultura de entreguerras es una indigestión en la que cada cual expresa a su manera los ardores de su perplejidad. De las rebeliones de las masas de Ortega a la indecibilidad de Wittgenstein, pasando por el Josef K de Kafka o la ilegibilidad de Joyce. Todos tienen en común un asombro y una certeza: el mundo se ha vuelto loco y su comprensión o su mera narración es del todo imposible.

La respuesta del judío errante Roth es regresar, recuperar el primitivismo de las comunidades pequeñas y vivir con la resignación y la alegría de un campesino sin desbastar. Ha descubierto en las tabernas portuarias de Marsella que el alcohol tiene el poder de disolver las barreras sociales, las jerarquías y los prejuicios. Los borrachos se tratan entre sí como los campesinos, y en los libros de Roth quien inicia a los judíos en el alcoholismo es casi siempre un campesino bueno (los hay malos, los que protagonizan los pogromos) que bebe con sed de la botella o de la bota. Roth —se dice a sí mismo— bebe para que las cosas vuelvan a ser claras y comprensibles.

Su respuesta literaria a la complejidad del mundo es más sutil, y aunque también implica al alcohol, precisa de sabiduría y erudición. No la sabiduría que se exhibe en los cafés de Viena, que le resulta insoportable y tan fatua como la retrata el periodista satírico Karl Kraus en el periódico *La Antorcha*, sino una preilustrada y religiosa: la sabiduría bíblica de los judíos del este. Toda la sencillez que el mundo civilizado ha perdido se conserva aún en la tradición oral de los cuentos jasídicos, en las parábolas rabínicas, en las tramas del teatrillo popular en yidish o en el repertorio de chistes que se cuentan en las calles embarradas de Brody (todo eso que los judíos orientales se estaban llevando a Nueva York y de lo que saldrán después Woody Allen, Philip Roth y todos los cómicos urbanos: de espaldas a una pared de ladrillo en el sótano de un club, contarán en inglés las mismas historias que hacían reír a los judíos de la Galicia que el pequeño Muniu se cruzaba de camino al colegio).

Roth sabe que el mundo elemental y noble al que aspira no es sólo la fantasía cutre de un novelista ñoño, como cree el teniente Trotta. El teniente Trotta no ha visto esa sencillez porque su vida ha transcurrido en la ficción civilizada de un imperio agrietado, pero Roth sabe que esos personajes existen. Ha crecido entre ellos, ha viajado hacia ellos de adulto e incluso se ha preocupado por documentar sus vidas, casi como un antropólogo, más que como un periodista. Por eso sabe que el problema de esas novelas no es que mientan, sino que estén mal escritas.

Aunque se asocie a Joseph Roth con la familia Trotta y el ocaso de un imperio, quien quiera encontrar el tuétano de su obra y de su vida tendrá que recurrir a otro libro, tal vez el mejor de los que escribió, el más fino, el más rotundo, el más emocionante y el más comprensible. Era el favorito de Marlene Dietrich, según confesó en una entrevista en 1936. Dietrich era entonces la diva alemana más odiada por los nazis. Utilizaba su fama como látigo contra Hitler, y a Hitler le reventaba que un símbolo nacional, una rubia aria que encarnaba como pocos cuerpos han encarnado el ideal racista del nacionalsocialismo —su alma cabaretera y promiscua, no tanto, pero eso podía redimirse—, fuera una antinazi tan parlanchina.

Cuando le dijo a un periodista que su libro favorito era *Job: historia de un hombre sencillo*, tal vez no mentía, pero no estaba dando cuenta de un simple gusto literario. *Job* era un libro prohibido en Alemania, uno de los que habían alimentado las piras de las noches más negras. *Job* no sólo era la obra de un escritor judío exiliado desde primera hora y autor de algunos de los textos antinazis más furiosos y tempranos, sino que la novela misma contaba la historia de un judío devoto, Mendel Singer, que sufre sin razón la crueldad del mundo, hasta renegar de la bondad de dios. En 1936, Dietrich no hacía una declaración pública de admiración por un libro o por un escritor, sino que se la restregaba en la cara a Hitler. La gran Marlene, la mujer alemana perfecta, se rendía al talento de un panfletero israelita y se emocionaba hasta la lágrima con las desventuras de aquellos condenados por las leyes raciales de Núremberg. Pocos gestos podían interpretarse como tan antialemanes.

A Roth le vino bien la publicidad y le sirvió para que sus editores en el exilio (la editorial Querido, de Ámsterdam) le subiesen los anticipos y le mimasen un poco más, pero sobre todo le sirvió para constatar la soledad amarga en que vivía desde que decidió pronunciarse, por su cuenta y riesgo, contra el nazismo. Llevaba tres años soportando la tibieza de otros judíos (en especial, su amigo Zweig) y de otros colegas demócratas que intentaban llegar a un entendimiento con la dictadura. Roth se sintió muy solo en su esfuerzo por denunciar la inhumanidad demoníaca de Hitler desde el exilio, y la palmada de Marlene Dietrich era de agradecer, pero llegaba tarde y no compensaba el silencio de tantos colegas. Para entonces, se sentía tan incomprendido y desgraciado como el propio Mendel Singer, que poco a poco se postulaba como una prefiguración de su propio destino, casi tanto como lo será el Andreas de *La leyenda del Santo Bebedor*. Dejemos, pues, a los Trotta, y vayámonos de viaje por los confines del Imperio ruso.

4. El holocausto inevitable

Job no es sólo una novela sentimental y sencilla bien escrita (soberbiamente escrita), sino la cumbre del talento de su autor y, leída hoy, una prefiguración del Holocausto que nada tiene de profética, pues no anticipa nada, tan sólo cuenta la vida cotidiana de un judío vulgar. Cuesta creer que Auschwitz sorprendiese a un lector de *Job*: estaba todo ahí, a la vista de quien tuviera ojos.

La novela puede ser muy compleja si nos ponemos a analizarla, pero en primera instancia es una obra asequible para cualquier lector, lo que explica en parte su éxito. Mendel Singer es a la vez un arquetipo (el judío oriental religioso, simple, pacífico, de caftán y gorro raídos) y un personaje redondísimo y único con cuya desgracia puede identificarse cualquiera. Singer «se apartaba cuidadosamente del camino de los hombres que llevaban uniforme, de los caballos y de los perros», pero en la novela se transforma. Roth le diseña un arco narrativo completo en el que, sacudido por el infortunio, deja de ser ese judío pasivo y atemorizado hasta desafiar al mismo dios.

Mendel Singer es un maestro ignorante (enseña a memorizar la Biblia a los niños pequeños en una escuela que monta en su casa y se sostiene por la caridad de las familias de los alumnos) en un pueblo perdido en los confines del Imperio ruso a finales del siglo XIX. Al comenzar la acción tiene dos hijos varones, Jonás y Shemarjah, y una hija, Mirjam. Deborah, su mujer, se ha quedado embarazada de un cuarto, que nace deforme y retrasado. Lo llaman Menuchim y lo crían en un cesto colgado del techo que Mendel Singer mece mientras imparte sus clases. El nacimiento de Menuchim es el comienzo del castigo de dios: Mendel y Deborah dejan de desearse. Hasta entonces, nos dice el narrador, habían gozado de sus cuerpos con apetito sano de marido y mujer. Sin sexo, aunque son todavía jóvenes (intuimos que están en la treintena), la vida se les hace tan monótona como el balanceo de la oración, muy parecido al que adormece a Menuchim en su idiotez ensimismada.

Deborah viaja a una ciudad vecina para consultar con un rabino milagroso (recordemos que el padre del escritor acabó con uno de ellos, y que eran figuras muy populares en las juderías del Este de Europa: charlatanes que se aprovechaban de la desesperación de la gente prometiendo remedios y milagros a cambio de la voluntad), que le dice que Menuchim se curará: «Menuchim, el hijo de Mendel, sanará. No habrá muchos como él en Israel. El dolor le hará sabio. La deformidad, bondadoso. La amargura, dulce. Y la enfermedad, fuerte. Su mirada será amplia y profunda. Su oído, fino y lleno de resonancias. Su boca callará, pero cuando abra los labios, anunciará cosas buenas. ¡No tengas miedo y vuelve a casa!».

Alentados por la profecía del hombre santo, Mendel y Deborah se preparan para recibir sin protestar todos los golpes que dios quiera darles. Y dios no se guarda ni uno. Desgracia tras desgracia, el simplicísimo pero sólido cimiento moral de la casa se va resquebrajando. Primero es la desaparición del deseo. Después, la leva del ejército ruso, que llama a filas a los hijos varones. Jonás, intoxicado por el alcohol que le ofrece un campesino («desde hacía miles de años —dice el narrador—, jamás había ocurrido nada bueno cuando un campesino preguntaba y un judío respondía»), se inflama de ardor guerrero y se alista voluntario a la milicia. Shemerjah, para librarse, recurre a contrabandistas para huir de Rusia, y tras una serie de aventuras, llegará a Nueva York, donde se convertirá en Sam.

No le va mejor a la hija, Mirjam, que frecuenta a los cosacos y destruye el honor de la familia acostándose con ellos en los campos. A Mendel le compadecen todos: es pobre, su mujer no le toca, a uno de sus hijos lo matarán en el ejército y el otro está en ultramar, y su hija le atormenta boicoteando las pocas posibilidades que tenía de casarse con un buen judío que le arreglase la vida. Todo se hunde, nada funciona, y en medio del desastre, Menuchim en su cesta, emitiendo sonidos incomprensibles y babeando.

Un emisario de América les lleva noticias providenciales: a Shemerjah, el nuevo Sam, le va bien en la tierra prometida. Se ha casado, se ha asociado con un irlandés y ha acumulado un capitalito vendiendo seguros e invirtiendo.

Les manda algo de dinero y unos pasajes de barco, pero tienen que viajar sin Menuchim, pues no soportaría la travesía. Con pesar infinito y tras una serie de sobornos y líos con la administración zarista dignos del Joseph K de Kafka, dejan a su hijo en manos de un matrimonio judío que no puede procrear, una familia bondadosa que le dará amor y cuidados.

La segunda parte de la novela transcurre en Nueva York. Es el Roth cronista quien habla cuando el narrador dice: «América no era un mundo nuevo. Había allí más judíos que en Kluczýsk. En realidad, era un Kluczýsk más grande. ¿Habían hecho el largo trayecto a través del océano para acabar otra vez en Kluczýsk, al que se llegaba simplemente en el carro de Sameschkin?». Los judíos emigrados reproducen en Manhattan las mismas condiciones, ritos, jerarquías y costumbres que en el *shtetl*. Mendel Singer ni siquiera necesita saber inglés para moverse por el barrio, y eso quiere decir que la misma desgracia que marcaba su vida en Rusia la seguiría marcando en América. Las cosas —intuye el lector— van a empeorar. No hay patria providencial para el pobre Mendel, que ni en los callejones más sombríos y húmedos de Nueva York puede esconderse de la furia de dios.

El innombrable fustiga al protagonista con una crueldad que le reprochan hasta los judíos más devotos, que debaten en sus tertulias que la furia de dios, y no sólo dios, no tiene nombre. Aprobarían que Mendel Singer renegase de una fe que no le trae más que dolor. Dios le mata a su hijo Sam y luego a Deborah, que muere de pena al enterarse del destino de su hijo, en una de las escenas más conmovedoras de la obra de Roth, donde su precisión poética alcanza una altura emocional insuperable y plasma como nunca su ideal de escribir una novela sentimental buena sobre gente sencilla (buena, aquí, quiere decir sublime). Mirjam —seguramente afectada por alguna enfermedad venérea— enloquece y es internada, en otro pasaje que sabemos autobiográfico y evoca el brote psicótico y el ingreso en el manicomio de la mujer de Roth. Para rematarlo todo, estalla la primera guerra mundial. Jonás morirá sin duda en el frente, y Menuchim se perderá en los bombardeos y los éxodos.

A esas alturas, Mendel Singer ya no es el judío pequeñito que teme a los uniformes, a los caballos y a los perros. Perdida toda esperanza, blasfema, come cerdo, desatiende los ritos religiosos y se convierte en un viejo loco que vive de la caridad de los vecinos. «Quiero quemar a Dios», confiesa sin que los judíos del barrio se escandalicen demasiado: «No tengo miedo del infierno. Mi piel está quemada. Mis miembros ya están paralizados. Y los malos espíritus son mis amigos. Todas las penas del infierno las he sufrido ya. Más indulgente que Dios es el demonio. Como no es tan poderoso, no puede ser tan cruel. ¡No tengo ningún miedo, amigos míos!».

Por terminar de destripar la novela, contaré el epílogo redentor. Mendel Singer vive en una tienda de gramófonos y discos propiedad de su mejor amigo, que le deja escuchar las novedades que llegan. Un día traen un paquete con un disco titulado *La canción de Menuchim*. La escucha en bucle, emocionado hasta secarse de lágrimas, sin saber por qué. Un tiempo después, recibe un mensaje extraño a través de unos vecinos melómanos: han ido al concierto de un famoso director de orquesta procedente de su tierra europea, que después de la guerra se llama Polonia, y el director ha preguntado si conocen a un tal Mendel Singer. Sólo pasará unos días en Nueva York y está muy interesado en conocerle.

Por supuesto, es Menuchim, que se curó como dijo el rabino, y demostró al sanar unas dotes increíbles para el piano y fue becado en el conservatorio de San Petersburgo, donde se convirtió en un músico legendario. Sobrevivió a la guerra gracias a su talento, que fue requerido por el ejército. Su aparición *deus ex machina* en plena cena de Pascua, justo después del ritual en el que se abre la puerta de la casa y se invita a entrar al profeta Elías (una de las costumbres más hermosas y poéticas del judaísmo), rescata a su padre de la desgracia, restaurándole la fe perdida. Fin.

Me doy perfecta cuenta de que, contada así, *Job* parece una novela barata que podría inspirar el guion de un telefilme lacrimógeno para la hora de la siesta. Joseph Roth también se daba cuenta de ello, aunque en 1930 no existía aún el concepto *película de siesta*. El reto que se impuso fue componer una buena novela a partir de materiales propios de la sentimentalidad popular, que se encuentran en devocionarios milagreros, cuentitos para beatas y fábulas ejemplares asustaniños. ¿Cómo lo consiguió? Recurriendo a la única arma de un escritor: el idioma.

Job no es una novela de argumento, sino de lenguaje. Por eso, aunque parezca que miento, no la he destripado en los párrafos anteriores. El lector que se acerque a ella tras leer mi resumen se deslumbrará como si no supiera nada, pues el valor del libro no está en la peripecia, sino en el poder mágico del narrador. Los primeros lectores de *Job* también conocían el argumento antes de leerla: se lo revelaba el título. Sabían que aquello era una variación contemporánea sobre un tema bíblico bien familiar, el del santo Job, que sufre todas las desgracias del mundo hasta que su fe se tambalea. Nadie entraba virgen al libro, como nadie se sienta ingenuamente a ver una película de Drácula sin saber nada de vampiros. Ni Marlene Dietrich ni el resto de sus primeros lectores entusiastas se asomaron a sus páginas para averiguar *qué* pasaba, sino *cómo* pasaba.

No hay que leer *Job* —ni casi ningún texto de Roth— como una obra original, sino como la reinterpretación de un asunto clásico y bien conocido. De la misma forma que los directores de escena adaptan las óperas y tragedias a contextos contemporáneos, y hacen de Romeo y Julieta unos novios del Dubái de los rascacielos, Roth transcribe historias bíblicas a la actualidad. Para ello, no adopta una conciencia de autor tal y como la entendemos en la literatura moderna, sino que imita los modos y estrategias de los charlatanes judíos que conoció en su niñez en Brody: los rabinos que utilizan anécdotas y cuentos para llevar la sabiduría del Talmud y de la Torá al pueblo inculto. El narrador de Roth es casi oral. Muchas veces perdemos la noción de estar leyendo un libro y en la cabeza del lector resuenan la prosodia y el ritmo de un aedo. Algunos pasajes parecen incluso cantados.

Por ejemplo, para acelerar la acción (con elipsis o prolepsis), satura las figuras retóricas de imágenes muy sencillas y poderosas que engolfan el oído del lector y le marcan el paso del tiempo de una forma sensorial: «Un día, una semana antes de los grandes días de fiesta —*el verano se había convertido en lluvia, y la lluvia quería convertirse en nieve*—, Deborah agarró el cesto...». La cursiva es mía y con ella subrayo la sencillez eficaz con la que se suceden el verano y el otoño hasta situarse en la víspera del invierno. Catorce palabras en la traducción castellana, dos endecasílabos le han bastado para avanzar medio año y cambiar radicalmente de escenario y de ánimo sin que la atención decaiga. Al contrario: después de la acotación, habrá quien necesite levantarse para buscar una chaqueta o arrebujarse en la manta antes de seguir leyendo. Eso es retórica de narrador oral, truco de cuentacuentos.

Job está lleno de esos recursos, algunos tan soberbios y mágicos como este. Cuando Mendel le cuenta a Deborah que su hija Mirjam «anda con un cosaco», el mundo de ambos se derrumba. A Deborah se le cae un vaso al suelo, Menuchim se mueve un poco y «millones de alondras gorjearon sobre la casa». Después, «el sol golpeó en la ventana, dio en el reluciente samovar de hojalata y lo encendió, convirtiéndolo en un espejo convexo. Así empezó el día».

Un rayo de sol, el primero de la mañana, golpea con tanta fuerza el samovar que lo enciende. Lo extraordinario invoca a lo ordinario. Todo ha cambiado, pero el mundo (dios, en este caso) exige que la vida siga como siempre, que el samovar hierva, que el matrimonio beba su té del desayuno y se prepare para sufrir un nuevo día.

Por eso la trama y el argumento de *Job* son en buena medida irrelevantes. Lo que fascina del libro es la habilidad del narrador para imponer un sobrecogimiento en el lector, convenciéndole, imagen tras imagen, de que la resignación es la única actitud de supervivencia para unos judíos sin posibilidad de rebeldía. Así se cumple la función de los relatos bíblicos: comprender cómo funciona el mundo y cómo hay que comportarse en él. El falso rabino Roth nos cuenta que no hay sosiego en la vida de los judíos orientales, que su vida es una condena y que su cultura perece poco a poco, triturada por la fatalidad del odio de los gentiles y la crueldad de las metrópolis. Y, sobre todo, ante la indiferencia de dios y del resto del mundo, que amanece impertérrito y golpea sus rayos de sol contra la hojalata del samovar.

La mejor novela de Roth es también un kadish, la oración fúnebre judía. El escritor presintió la extinción de la cultura en la que nació y se propuso dos cosas: dejar testimonio de la misma y llorarla con una obra literaria. Cómo adivinó que aquellos judíos serían exterminados es un misterio, pero si alguien estaba en disposición de prefigurar un destino que no llegó a ver (murió en 1939, meses antes del estallido de una guerra que dio por segura en sus artículos y cartas), ese era él.

Nómada por vocación y obligación, sabía por sus viajes y su experiencia vital que los judíos del Este de Europa —que los alemanes llamaban *Ostjuden*— eran la comunidad más frágil y expuesta al odio de un continente empeñado en odiarse, y que no sobrevivirían a la siguiente guerra. Habría una nueva guerra, y esos judíos sencillos, pobres, devotos, esparcidos por las naciones que antes fueron regiones de imperios, por los confines de Polonia, la nueva URSS (Ucrania y Rusia), Rumanía y Checoslovaquia, esos judíos, digo, sufrirían un gran pogromo final y saltarían del mapa como las figuritas sueltas de un tablero cuando alguien da un puñetazo en la mesa. Era cuestión de tiempo. En cuanto la violencia se generalizase, los masacrarían. No había sitio para ellos en el mundo contempo-

ráneo, ninguna nación los quería, no servían para nada
ni para nadie.

Roth lo intuía desde que estudiaba literatura alemana con
Max Landau en el *gimnasium* de Brody, pero lo supo
con certeza absoluta en 1925, cuando escribió un libro que
debería leer quien quiera comprender el fondo y el por-
qué de *Job*. Se titula *Judíos errantes* y se publicó en 1927.

En 1925 Roth tenía treinta y un años y hacía dos que era
la firma estrella del *Frankfurter Zeitung*. Su mujer daba
los primeros síntomas de locura, manifestada en una
hostilidad inexplicable y demoníaca hacia su marido: se
burlaba de él, despreciaba su literatura y sus artículos y
no sólo se negaba a acompañarle en los viajes, sino que
dejaba sus cartas sin contestar. Quizá para tomar distancia de una situación que le causaba mucho dolor, Roth
se volcó como nunca en su trabajo periodístico. Entre
1924 y 1926 hizo tres grandes viajes como reportero que
marcaron su vida intelectual y literaria para siempre y
de los que salieron tres libros que deberían figurar en el
plan de estudios de todo aprendiz de periodista. El viaje más largo e importante fue a la URSS (*Viaje a Rusia*). El
segundo, al sur de Francia (*Las ciudades blancas*), como
compensación por una jugarreta. Le habían prometido
la corresponsalía de París, pero el editor del *Frankfurter*
se la dio finalmente a un periodista rival. Calmaron su
enfado subiéndole el sueldo y nombrándole una especie
de cronista honorario y literario de Francia. El último viaje importante fue a casa, y se convirtió en libro en 1927.

Judíos errantes pertenece a un género inclasificable entre la crónica de viajes, el ensayismo literario y político y

la pura fabulación. Porque para Roth no había fronteras claras entre la imaginación y el testimonio. Su obra periodística incumple, como tantas otras en su época, los criterios de rigor y veracidad que la deontología impuso después al oficio. Roth era un paseante imaginativo, no un testigo imparcial ni desapasionado. Aunque escribiera para los periódicos, no renunciaba a la ambigüedad y la elusión, ni tampoco a la ficción.

Dicen algunos de sus biógrafos que a los lectores no les importaba, que aceptaban un pacto de lectura complejo y lleno de cláusulas contradictorias y letras pequeñas. No lo creo. No me imagino a los abogados y tenderos de Frankfurt como sofisticados gourmets del trampantojo narrativo. El *Frankfurter Zeitung* era un diario de gran tirada que leían las clases medias conservadoras, no una hoja volandera dadaísta. Esa ha sido, hasta finales del siglo XX, la paradoja del periodismo: estaba escrito por buscavidas, pícaros y gente de vida poco ejemplar y disoluta, pero lo leía gente sensata, burguesa, sobria, convencional y de buenas costumbres. Los periodistas trasnochaban y sus lectores madrugaban. Unos y otros no se parecían en nada y tan sólo coincidían al amanecer, cuando los primeros volvían a casa de juerga y los segundos salían para ir a trabajar.

Roth se aprovechó de que el periodismo era en buena medida un oficio de diletantes, sin regulaciones ni códigos a los que ceñirse y en el que el único criterio normativo era el de la censura estatal, cuando la había. Un corresponsal era, básicamente, un soberano que disponía a su antojo lo que quería contar y lo que no, y nadie le iba a echar cuentas porque no había mecanismos de comprobación ni a nadie en la prensa le importaba un pito que la información estuviese contrastada. Los lectores de Roth no eran más sofisticados y abiertos que los de ahora. Simplemente, no tenían a quién reclamar un periodismo veraz. A falta del mismo, bien es cierto que las crónicas de Roth eran un sucedáneo sublime. Puestos a dejarse engañar, al menos, que te engañen los mejores.

Roth viajaba para hacer literatura, no periodismo ceñido a los datos y los hechos. No perdía de vista, sin embargo, el propósito de su misión: ofrecer a los señores alemanes que habían terminado el bachillerato un vistazo somero al gran mundo que se extendía más allá de su *land*. Escribía para gente provinciana y xenófoba, y sólo tenía su imaginación narrativa para convencerles de que había vidas complejas y dignas de atención ahí fuera. Tal vez por eso, en este caso, puso un cuidado especial al elegir su posición como narrador. En este viaje, el maestro de la primera persona, el periodista que nunca temía incluirse a sí mismo en las relaciones, que dialogaba con unos y con otros y enseñaba hasta la textura de las sábanas de los hoteles en los que se hospedaba, se volvió pulcro y fingió ser un forastero que llegaba por primera vez a ese mundo judío.

Esto se ve claramente en el comienzo de una crónica titulada «La pequeña ciudad judía». Es una cita un poco larga, pero la reproduzco por entero porque nos sirve para entender muchas cosas importantes:

La pequeña ciudad judía está en medio de la llanura. Ni una sola montaña, ni un solo bosque, ni un solo río la bordea. Se extiende por la planicie. Empieza con peque-

ñas chozas y con ellas termina. Las casas toman el relevo
de las chozas. Allí comienzan las calles. Una corre de Sur a
Norte, otra de Este a Oeste. En la confluencia está la plaza
del mercado. Al final de la calle Norte-Sur está la estación.
Una vez al día llega un tren de pasajeros. Es mucha, sin
embargo, la gente que se afana el día entero en la estación.
Se trata de comerciantes que también están interesados en
los trenes de mercancías. Y que, además, llevan cartas ur-
gentes al ferrocarril, dado que los buzones de la ciudad sólo
tienen una recogida diaria. El camino hasta la estación se
recorre en quince minutos a pie. Si llueve es preciso coger
un coche, pues la calle está mal pavimentada y se llena de
agua. La gente pobre se une para coger juntos un coche en
el que, desde luego, seis personas no pueden ir sentadas,
pero al menos pueden acomodarse. El rico va sentado solo
en un coche y paga por el trayecto más que seis pobres.
Hay ocho coches de plaza que cubren el recorrido. Seis de
ellos son de un solo caballo. Los dos de dos caballos son
para huéspedes distinguidos, esos que de vez en cuando
vienen a parar a esta ciudad por azar. Los cocheros de los
ocho coches de plaza son judíos. Son judíos devotos que no
se afeitan la barba, pero no llevan levitas tan largas como
sus correligionarios. Ejercen mejor su oficio con chaque-
tas cortas. El sabbat paran. Además, el sabbat tampoco hay
nadie que vaya a buscar nada a la estación. La ciudad tiene 18.000 habitantes, de los que 15.000 son judíos. Entre
los 3.000 cristianos hay unos 100 comerciantes y tenderos,
además de 100 funcionarios, un notario, un médico de dis-
trito y ocho policías. Hay, en rigor, diez policías, pero dos
de ellos son, curiosamente, judíos. Lo que haga el resto de
los cristianos no lo sé con exactitud. De los 15.000 judíos,

8.000 viven del comercio. Son pequeños, medianos y grandes tenderos. Los 7.000 judíos restantes son pequeños artesanos, obreros, aguadores, hombres de letras, encargados del culto, servidores de la sinagoga, maestros, escribanos, escribientes de la Torá, tejedores de tallithim, médicos, abogados, funcionarios, mendigos y pobres vergonzosos que viven de la beneficencia pública, sepultureros, circuncisadores y marmolistas.

Esta descripción enciclopédica, técnica y más propia de un agente catastral que de un literato corresponde a la ciudad de Brody. El texto es una semblanza de su pueblo natal, pero nada en él relaciona al autor con el lugar. El cronista ha llegado allí como podría estar en cualquier otro sitio, y adopta una pose neutra y observadora, dando a entender que la primera vez que pisó esas calles fue como corresponsal del *Frankfurter Zeitung*. La asepsia y el recuento de datos son una enorme mentira hecha con verdades pormenorizadas y contrastables: el periodista no sólo oculta un dato crucial que cambiaría el significado del texto, sino la razón misma por la que cuenta la vida de esa ciudad galiciana y no otra.

Judíos errantes es un viaje al corazón de las propias tinieblas, una vuelta al origen, una exploración intimísima de la identidad. Pero Roth lo presenta como el cuaderno de campo de un antropólogo. El periodista viajero observa un tiempo a los indígenas, toma nota de sus rasgos y costumbres, e informa de ellos a sus pares de la metrópoli, a la que regresa como salió, sin contaminarse por el objeto de su estudio. Mentir de esa forma, adoptar la mirada de un explorador escéptico, es una estrategia para interesar a sus lectores y armarse de credibilidad. Sabe que sólo le creerán si les miente.

Es importante que el lector entienda los términos globales y absolutos de la injusticia. Que sepa que, aunque la inmensa mayoría de la población es judía, todos los puestos de poder y el monopolio de la violencia están en manos de los cristianos. Aunque Roth acabará sus días como un monárquico reaccionario, en su juventud vienesa firmaba en la prensa socialdemócrata como *Die rote Roth*, el Roth rojo, y nunca perdió una capacidad de indignación genuina ante la injusticia social, que debía exponerse en la crudeza fría de los datos.

Si lo contase como parte agraviada —si recordase, por ejemplo, que él fue uno de los pocos judíos que se matricularon en el *gimnasium* y que sabía bien lo mucho que costaba desclasarse y salir de la masa hebrea sometida—, su testimonio perdería toda la fuerza. A ojos de los señores de Frankfurt, tan sólo sería un judío llorón más. Su denuncia debe trascender lo autobiográfico. Le urge transmitir al público la rabia que siente por el abandono, la violencia, la marginación y el atraso en el que viven los judíos orientales. Por eso se borra del cuadro, para no confundir a unos lectores antisemitas por naturaleza, pero sensibles al positivismo y a la apariencia de objetividad.

En la imaginación antisemita europea que compartían alemanes, austriacos, italianos y franceses entre 1870 y 1939 había una diferencia radical entre los *Westjuden* y los *Ostjuden*. Los judíos de Alemania (salvo en Silesia, Posnania y Prusia) y Francia —y no digamos del Reino Unido— habían completado la llamada *asimilación*. Hablaban las lenguas nacionales, reservaban el hebreo litúrgico para el culto y formaban parte de las élites urbanas. El *affaire* Dreyfus demostró que la realidad no era tan idílica y que la integración estaba lejos de haber sofocado el racismo visceral del pueblo francés, aunque en esencia no cambió la imagen del judío como un señor sofisticado, bien situado en la banca o en el comercio. Tenían sus rarezas, pero en general eran ciudadanos indistinguibles de los cristianos. En el Reino Unido, hasta Dickens escribió una novela de arrepentimiento por su pasado antisemita (*Nuestro amigo común*), convirtiendo a los judíos en héroes por primera vez en la historia de la literatura europea, y en Italia, los profesionales liberales judíos habían sido actores fundamentales de la unificación del país y en la constitución del reino, y tenían una larga tradición en el ejercicio de la política desde los tiempos del reino del Piamonte.

Los *Ostjuden* eran otra cosa. A diferencia de los occidentales, eran rurales y persistían en costumbres y ritos antiquísimos que provocaban rechazo en la gente de ciudad y, sobre todo, en los campesinos cristianos. Eran también más pobres y vivían en sociedades primitivas y azotadas por épocas de hambruna y violencia. Hablaban en yidish, una lengua germánica que se escribe con caracteres hebreos, y vivían apartados y sin ningún interés por integrarse en el resto de la sociedad. Tampoco es que les abrieran las puertas de esa sociedad, precisamente.

Como ya he dicho, el Imperio austrohúngaro fue una excepción de relativa tolerancia hacia los judíos, el único régimen político del Este de Europa que les ofreció un margen para ser libres y prósperos. Fuera de ahí, los zares y los káiseres mantenían una legislación discriminatoria más dura que el apartheid sudafricano, que excluía a los judíos de casi todos los ámbitos públicos y de poder y miraba para otro lado cada vez que estallaba el pogromo (cuando este no se alentaba directamente desde el Estado). Como sucedía en la España medieval, los judíos eran acusados de provocar desgracias: las hambrunas, las sequías y las epidemias se explicaban por sus malas artes y hechicerías (los sabbats negros o de sangre, en los que, según las leyendas que creían millones de campesinos, los judíos sacrificaban niños), y a cada fatalidad le seguía una ola de violencia contra las comunidades hebraicas, en las que se arrasaban sus casas, templos y negocios. El pogromo —habitual en Rusia, muy esporádico en el lado austrohúngaro de la frontera— fue el tema de otra de las novelas importantes de nuestro amigo, *Tarabas*, pero ya llegaremos a ello.

El racismo contra los *Ostjuden* era infinitamente superior al que sufrían los aseaditos y urbanos *Westjuden*. Fue tan desigual que persiste incluso en la memoria del Holocausto. Se calcula que dos tercios de las víctimas del genocidio nazi (es decir, cuatro millones) fueron *Ostjuden*. Sin embargo, como señalan algunos historiadores, como el francés Florent Brayard, la inmensa mayoría de los estudios, testimonios y documentos se refieren a los *Westjuden*, empezando por *El diario de Ana Frank* y terminando por *Si esto es un hombre*, de Primo Levi. Apenas conocemos experiencias y rastros literarios de los judíos orientales, que se recuperan con cuentagotas. Por ejemplo, *Crematorio frío*, el libro testimonial del superviviente de Auschwitz *József Debreczeni* (el Primo Levi húngaro), se tradujo al inglés y a las principales lenguas europeas occidentales setenta años después de su publicación. O

La pasajera, la estremecedora ópera de Mieczyslaw Weinberg sobre una presa y una *kapo* de Auschwitz que se encuentran en un barco, no se estrenó hasta 2006, aunque se compuso en la década de 1960. En España no se pudo ver hasta 2024.

La Guerra Fría explica en parte este desequilibrio de memorias. A los regímenes comunistas, en general bastante antisemitas, no les gustaba airear estas historias, pero el sesgo cultural también ha influido bastante. El lector occidental se identificaba mucho más con el padecimiento de una niña escondida en Ámsterdam o con las reflexiones trufadas de citas de Dante de un químico italiano que con la prosa de un judío religioso polaco. Además, los *Ostjuden*, como se ha dicho, eran muy pobres. En su mayoría eran pueblerinos analfabetos que no sintieron necesidad alguna de escribir sus memorias.

Se podrán buscar muchas explicaciones y matices, sin duda todas comprensibles, pero el hecho es que los judíos orientales siempre han sido más odiados que su contraparte occidental. El desprecio y el olvido se han cebado muchísimo más con ellos. El historiador israelí Omer Bartov tiene un libro que puede leerse como el reverso negativo de *Judíos errantes*. Bartov, hijo de una superviviente del Holocausto de la Galicia, paisana de Joseph Roth, viajó a comienzos de los 2000 a la tierra de su madre, en busca de las huellas de los mismos judíos errantes que protagonizan la novela *Job*. No encontró nada. No sólo habían desaparecido los judíos, sino todo recuerdo en el paisaje. Las sinagogas que no habían sido destruidas eran viviendas o tiendas, los cementerios habían sido profanados y nadie recordaba el nombre de las antiguas calles.

Aquel libro de viajes se tituló *Borrados*, que es lo que la historia ha hecho con ellos.

Parecía que Roth sabía que los iban a borrar, por eso se esmeró en dibujarlos. Sabía el asco y el odio que inspiraban. Eran los apestados de Europa, incluso para los judíos de las ciudades (las burlas aquí eran de ida y vuelta: en el teatro popular yidish hay un arquetipo cómico que representa al primo de la ciudad, un imbécil que se ha asimilado, se ha afeitado la barba y viste traje y corbata, un auténtico papanatas. En cuanto aparecía en una escena en la que volvía al *shtetl* de visita, el público estallaba en carcajadas. Este arquetipo ha llegado casi intacto a las películas de Woody Allen: es el Tony Lacey de *Annie Hall*, por ejemplo). Para sus amigos de Viena, París y Berlín, pocas cosas había más despreciables que uno de esos barbudos sucios, con sus caftanes, sus levitas y sus tirabuzones, siempre moviendo la cabeza como fanáticos sin neuronas y recitando de carrerilla pasajes de la Biblia que no sabían leer. Cuando se burlaban de ellos, Joseph Roth sentía que, en parte, se estaban burlando de él, de su madre Maria Glüber, de su padre el loco y, sobre todo, de su abuelo, el sastre que podría haber sido un rabino talmúdico.

Así que los retrata con el respeto que merecen, sin ironías, con ternura, como quien observa la naturaleza pero no se pone efusivo al cantarla para no perturbar su orden. Narra sus costumbres y presta mucha atención a su religiosidad, el centro de su vida, y cuenta algo que sin duda sorprendió a sus lectores cristianos: «Al rezar se indignan contra Dios, claman al cielo, se quejan de su rigor y, en casa de Dios, entablan proceso contra Él, para a continuación confesar que han pecado, que todos los castigos eran injustos y que quieren ser mejores. No hay pueblo que tenga semejante relación con Dios. ¡Es un pueblo viejo que conoce a Dios desde hace mucho! Ha experimentado su gran bondad y su fría justicia, ha cometido pecados y los ha expiado amargamente, y sabe que puede ser castigado pero no abandonado».

El reproche y el vacile a dios es una tradición rabínica muy antigua y bien documentada, de la que hay muchos ejemplos en el Talmud. Rabinos que discuten con dios, se pelean con él, lo dejan en ridículo, le engañan, se burlan y hasta le mandan a paseo. Esta tradición, perdida en parte, era muy familiar en el mundo de Roth, que sin duda oyó de niño disputas que en otros contextos religiosos se considerarían blasfemas. Hay incluso un repertorio de chistes, algunos relativamente recientes. Uno documentado en la posguerra presenta a dos judíos contándose chistes sobre el Holocausto, a cual más bestia. Compiten en irreverencia y escándalo, y sus risotadas llegan al cielo, provocando la ira de dios, que se presenta ante ellos y les abronca por burlarse de algo tan sagrado. Los viejos, desdeñosos, lo mandan a paseo: «Tú, calla —le dicen—, que ni siquiera estabas allí».

Entre los pasajes más emocionantes de *Judíos errantes* está la descripción de los ritos funerarios, a la vez simples y cabalísticos, que revelan una comprensión sencilla y hondísima de la muerte y el duelo. He usado esas páginas de Roth muchas veces en mis conferencias sobre la muerte y cuando hablo de mi literatura de duelo porque representan muy bien el patrimonio inmaterial que hemos perdido en las sociedades urbanizadas, la sabiduría comunitaria que permitía aceptar la ausencia e incorporarla a la vida futura, conciliando el mundo de los muertos con el de los vivos. Presenciar esos ritos (que seguramente desconocía y vio por primera vez como reportero, pues se escenificaban en pueblos pequeños, no en la agitada Brody de su infancia) le impactó mucho y renovó su respeto por la superioridad espiritual que siempre atribuyó a los judíos orientales más sencillos. Basta leer el comienzo del capítulo XIII de *Job* para comprobarlo. En él, Mendel Singer pasa el duelo por la muerte de su esposa, Deborah:

> Siete días completos permaneció Mendel Singer sentado en un taburete, junto al armario, mirando por la ventana, de cuyo cristal colgaba un pedacito de lienzo blanco en señal de duelo y en la que día y noche ardía una de las dos lámparas azules. Siete días completos transcurrieron uno detrás de otro, como grandes anillos negros, lentos, sin principio ni fin, redondos como el duelo. Los vecinos acudieron por turnos (...). Trajeron huevos duros y bollos de pascua para Mendel Singer, alimentos redondos, sin principio ni fin, redondos como los siete días de duelo. Mendel habló poco con los visitantes. Apenas se dio cuenta de que llegaban y se iban. Día y noche permaneció su puerta abierta, con el cerrojo descorrido, inútil. Quien quería venir, venía. Quien quería marcharse, se marchaba. Alguno intentó entablar conversación. Pero Mendel Singer le rechazaba. Mientras los demás contaban cosas de la vida, él hablaba con su mujer muerta.

Mendel Singer reproduce al detalle el ritual de duelo de los pueblos perdidos de la Galicia bajo dominio ruso y polaco que Joseph Roth conoció en su viaje de 1925.

Por esta y otras muchas razones, *Job* es un libro indisociable de *Judíos errantes*, que contiene el ideario de aquel, el impulso ideológico e intelectual que llevó al novelista alcohólico a escribir su obra más redonda, sin principio ni fin, como el duelo: «El deber de los judíos no es esperar de los hombres una dulcificación de su destino, sino esperarla de Dios. Toda integración, por superficial que sea, constituye una huida, o un intento de huir, de la triste comunidad de los perseguidos».

Mendel Singer ha intentado huir, pero al final ha entendido que no puede esperar de los hombres una dulcificación de su destino, que seguirá siendo la hez de la tierra incluso después de que la prosa de Joseph Roth lo convierta en objeto de compasión de miles de lectores, incluida Marlene Dietrich. Los judíos errantes orientales no pueden escapar de su destino, no pueden esperar nada de nadie, siempre pertenecerán a la triste comunidad de los perseguidos. Esa es la grandeza de la prefiguración de la novela, y por eso estremece leerla hoy, cuando la triste comunidad de los perseguidos ya ha sido exterminada.

5. Todos miraban cómo bebía el judío

Entre tanto judaísmo y tanta emigración a América nos hemos puesto muy sobrios. ¿Dónde está la borrachería del escritor borracho?, se preguntará el lector más quisquilloso y sediento. ¿No habíamos quedado en que el alcohol sería el hilo conductor de la lectura? Así es, no me he olvidado. Esta larga excursión por la cultura judía de los imperios perdidos era necesaria porque casi nada de la literatura rothiana se entiende sin ella, pero ni siquiera *Job*, ni siquiera su gran novela de la triste comunidad de los perseguidos está libre de borrachismos. En *Job* también se bebe, y el alcohol importa.

Jonás es el hijo belicista de Mendel Singer. Su personaje representa una traición grandísima al pacifismo judío. Desde casi siempre (esto es, desde el siglo XVIII, más o menos), los jóvenes israelitas han eludido las levas. Los más religiosos alegaban el quinto mandamiento. Los más políticos argumentaban que la diáspora les eximía de las armas: si los judíos eran un pueblo sin país, no se les podía exigir que defendiesen una patria que no era suya (nota al margen: una de las grandes paradojas de la historia judía es que un pueblo que presumió de mansedumbre, cultivó un pacifismo pertinaz y fundó el derecho a la objeción de conciencia viva hoy en uno de los estados más militarizados del mundo, con movilización perpetua y subordinación a los intereses del ejército). Los judíos escondían a sus hijos, los mandaban al extranjero o sobornaban a los funcionarios con tal de evitar el reclutamiento, sobre todo en la Rusia de los zares. Si podían, los metían a hacer carrera rabínica, pues los religiosos estaban exentos de cumplir el servicio militar. No sólo temían la guerra. Incluso en tiempos de paz, un judío tenía pocas posibilidades de sobrevivir en una institución tan antisemita como el ejército. La perspectiva de vivir en un cuartel rodeado de jóvenes brutos que protagonizaban pogromos no era alentadora. En ese contexto, la decisión de Jonás de enrolarse en la milicia no sólo es trágica, sino incomprensible. Sólo se explica como consecuencia de una metamorfosis.

Y en esa metamorfosis, como en *El Dr. Jekyll y Mr. Hyde* de Stevenson, interviene un brebaje. En el tren que los lleva a la guarnición, donde se decidirá si los hermanos Singer son aptos para el servicio, se mezclan con otros aspirantes a soldado, todos campesinos. Uno de ellos les ofrece de beber, y Jonás, para confraternizar y hacerse valer, trasiega de golpe una botella entera y hace el resto del camino borracho y casi inconsciente. Roth, cómo no, se recrea en el rito iniciático: «Jonás se la llevó a la boca. Descubrió los labios carnosos, de un rojo sangre. Por ambos lados de la botella marrón se veían los dientes blancos y fuertes. Jonás bebió y bebió. No notó la suave mano de Schemarjah que, para advertirle, le rozó la manga. Sostenía la botella con las dos manos, como un bebé gigantesco. En sus codos alzados, la camisa resplandecía blanca a través de la tela fina y desgastada. Regularmente, como el émbolo de una máquina, su nuez subía y bajaba bajo la piel del cuello. Un leve y ahogado gorgoteo retumbaba en su garganta. Todos miraban cómo bebía el judío».

Jonás prueba la fruta prohibida y emigra del paraíso hogareño hacia su propia versión del edén, hecha de sensaciones fuertes, de intemperie, de musculatura, de camaradería bárbara y hombruna. Un paraíso artificial que hace que todos los panoramas familiares y religiosos le sepan insulsos. La casa, la ropa y el mismo horizonte han encogido y ya no le caben. Roth, sin duda, evoca su primera borrachera, la vez en que sintió el primer mareo, las entrañas se le calentaron y se vio vencido por una lucidez que alteraba los colores y las sombras, emborronados y nítidos al mismo tiempo. El alcohol transforma a Jonás en otra cosa, como Roth se transformó, y quizá por eso también, cuando visitó la Galicia de su infancia en 1925 como corresponsal de prensa, no quiso mirarla como algo suyo ni incluirse en la crónica como el hijo que regresa a la cuna. Sabía, parodiando a Heráclito, que el borracho que bebe dos veces de la misma cuba no es el mismo estudiante de literatura que marchó a Viena llevándose consigo el orgullo de la familia. Ya no es un judío galiciano, sino un periodista borracho.

A esas alturas de su vida, pasados los treinta, ha asumido su alcoholismo y se dispone a *aggiornarse* con él, sabiendo que lo más probable es que no lo logre. Aunque sus amigos más samaritanos crean que no lo sabe y necesita que se lo digan, hay en la obra rothiana indicios sobrados de hiperconciencia. Este es uno de los más tempranos y revela que siempre supo que había algo fáustico en su adicción.

Roth no celebra la borrachera. O no siempre la celebra. A menudo, el alcoholismo se presenta como una maldición que condena a quien la sufre. Pero lo más normal es que tenga el rostro doble de Jano y sea una bendición y una maldición a la vez. El borracho se ensimisma, y al volverse hacia sí y perder de vista las convenciones y los remilgos sociales encuentra algo parecido a la felicidad, una liberación, más bien. Pero al mismo tiempo, su adicción corroe y destruye el mundo alrededor. El borracho se debate entre el deleite de su borrachera y la culpa por la devastación que causa. La paradoja le atrapa y le consume, sin que sea capaz de encontrar una salida. Ningún personaje de Roth se plantea dejar de beber como solución al dilema porque el propio Roth no se lo planteó jamás. Pero eso no quiere decir que no fuera extremadamente consciente de lo que sucedía o que no lo lamentase. No necesitaba los sermones de Zweig (que tanto le irritaban) para saber lo que hacía y lo que provocaba.

Deborah, la esposa de Mendel Singer que bien podría estar inspirada en Maria Grübel, sabe que el alcohol desencadena la desgracia: «Deborah olfateó el aguardiente como si de un enemigo se tratara. Era el peligroso olor de los campesinos, anuncio de inconcebibles pasiones y compañero de la animosidad de los pogromos». El veneno que transforma a Jonás en un soldado también afecta a los campesinos, que se vuelven asesinos de judíos.

Apenas hay judíos en la gran novela elegíaca que sigue a *Job*, la ya tratada *La marcha Radetzky*, pero los hay a montones en su segunda gran novela hebraica, *Tarabas*, publicada en 1934, ya en el exilio. *La marcha Radetzky* se empezó a escribir en París en 1930, coincidiendo con el éxito de *Job*, y se publicó por entregas en la prensa en mayo de 1932, apenas un mes antes de las elecciones legislativas que convirtieron al Partido Nacionalsocialista en la primera fuerza del Reichstag. Los acontecimientos subrayaron el tono fúnebre de la marcha de Roth y sus compases le acompañaron a un exilio que no le obligaba a emigrar ni a abandonar su casa, pues nunca tuvo un domicilio ni nada parecido a un hogar. Desde que empezó a escribir en los diarios de Viena, siempre vivió en hoteles, y a los hoteles dedicó alguna novela cómica (*Hotel Savoy*) y muchos escritos que siguen haciendo compañía a los seudonómadas que pasamos muchas noches fuera de casa. En cuanto a la rutina diaria, poco se alteró la vida de este expatriado eterno, pero todo lo demás se le puso patas arriba.

El exilio suponía renunciar a los artículos de *Frankfurter*, donde era una firma estelar, y a los anticipos y regalías de las editoriales alemanas. Aunque Roth vivía donde le daba la gana, su cuartel general estaba en Berlín, ciudad a la que siempre volvía, residencia habitual de su segunda mujer, Manga Bell, donde estaban sus (crecientes y fabulosas) fuentes de ingresos y siempre podía contar con que le esperaba un cheque sin cobrar. Cuando Hitler fue nombrado canciller del Reich en enero de 1933, tras un semestre de violencia y tribulaciones, Roth descendió a un mundo de apátridas que tenían su centro sentimental y comercial en París. Los editores y los periodistas antinazis fundaron editoriales y periódicos para la comunidad de alemanes exiliados, y la firma de Roth, siempre combativa, era muy solicitada.

Trabajo no le había de faltar, pero eso no quería decir que fuera a ganar dinero con él. La dizque industria cultural alemana en el exilio era más voluntarista que rentable. Se pagaba poco, cuando se pagaba, y los canales de distribución de los libros y los diarios eran precarios. Acostumbrado a que sus palabras llegasen a millones de lectores, Joseph Roth se vio convertido de la noche a la mañana en una especie de propagandista clandestino en una diáspora de desgraciados.

Es difícil calcular con alguna precisión el abismo económico al que se tiró de cabeza cuando se exilió, pero podemos hacernos una idea aproximada. Dicen que en 1933 Joseph Roth era el periodista en lengua alemana mejor pagado (y uno de los mejores pagados del mundo, seguramente). Su tarifa del *Frankfurter Zeitung* había subido progresivamente desde 1923 hasta los mil marcos mensuales, que cobraba en divisas y adecuados al patrón oro, por lo que no se le evaporaban por la hiperinflación. Además, *Job* y *La marcha Radetzky* eran dos éxitos de ventas traducidos al inglés y cuyos derechos cinematográficos se vendieron por una buena suma. Es muy complicado hacer una equivalencia monetaria, no sólo porque el sistema cambiario de antes de la guerra fue sustituido por los acuerdos de Bretton Woods de 1944 ni porque la inflación sea imposible de computar, sino porque la cesta de la compra era muy distinta y alteraba el concepto mismo de poder adquisitivo que manejamos en el siglo XXI.

Por ejemplo, en la Europa de entreguerras, dormir en un hotel o comer en un figón era muy barato y un recurso habitual de solteros, pero la ropa —sobre todo los trajes que le gustaban a Roth— era mucho más cara que hoy. Por eso abundaban los buscavidas que iban de ciudad en ciudad sin gastar apenas dinero, pero muchos trabajadores no podían comprar unos zapatos nuevos a sus hijos. Lo mismo puede decirse de los gastos sanitarios en un continente sin seguridad social: cualquier pequeña enfermedad que hoy se atiende en un centro de salud público era entonces un gasto oneroso. En cambio, el teatro, la prensa o los libros eran muy asequibles. En fin, tras hacer unas cuentas, consultar unas tablas y pedir ayuda a un par de amigos economistas, he llegado a la conclusión fabulosa de que Joseph Roth ingresaba al mes el equivalente a unos 25.000 o 30.000 euros actuales por sus artículos del *Frankfurter*. Si se suma a ello los anticipos editoriales, las regalías y los emolumentos por las conferencias, nuestro querido escritor tenía en 1933 un buen pasar.

Su relación con el dinero fue siempre patológica. Incluso en aquel tiempo de vacas gordas, se le escurría de las manos sin sentirlo. Vivir en hoteles era relativamente barato, pero a la larga era mucho más caro que tener un domicilio que nunca consintió comprar. Tenía que pagar varias habitaciones: una para él, otra para su segunda mujer (con la que no estaba casado, porque no llegó a divorciarse de Friederike), Andrea Manga Bell, y otra para los hijos que esta tuvo con el príncipe Alexander Duala Bell, hijo del destronado y ejecutado rey del Camerún en tiempos de la colonia alemana, Rudolf Manga Bell. Andrea Manga Bell —mulata, hija de un pianista clásico cubano, José Manuel Jiménez Berroa, y divorciada de un príncipe camerunés— fue su gran amor. Sin ella no existiría hoy Joseph Roth. Su legado ha llegado hasta hoy porque ella preservó y custodió cada papelito de su puño y letra, por nimio que pareciera, con la complicidad de la traductora francesa —y amiga, secretaria de hecho, asesora artística, báculo de sus últimos días y albacea literaria—, Blanche Guidon, que escondió varios manuscritos en el París ocupado y propició la publicación póstuma de *La leyenda del Santo Bebedor*. (Apunte al margen: es revelador que este dandi borracho con tendencia a la misantropía pasase toda su vida cuidado por mujeres poderosas que sintieron amor y una enorme admiración por él y siempre le comprendieron: desde su madre Maria Grübel, su prima Paula Grübel y Friederike —que, antes de enloquecer, era una diva intelectual que animaba las tertulias de los cafés de Viena—, a Manga Bell y Blanche Guidon, pero también la otra Friederike, la primera esposa de Zweig, con quien a veces se entendía mejor que con Stefan. Son demasiadas mujeres originales, vigorosas, independientes y tenaces que se conmovieron por la fragilidad de Roth como para no tenerlo en cuenta: sin duda, nuestro escritor no era el clásico macho desdeñoso de la época. Puede que se sintiera un caballero de industria de una monarquía extinta, pero sospecho que no le habría ido mal en estos tiempos. A lo mejor su anacronismo no era pretérito, sino del futuro) Además, estaban los gastos de Friederike, internada en sanatorios de lujo, y la manía de Roth de viajar todo el tiempo, de hotel Savoy en hotel Savoy. Ganaba muchísimo dinero (por primera vez en su vida, fueron apenas tres o cuatro años de riqueza), pero se desaguaba por mil grietas y, al final del mes, no le quedaba apenas nada.

Que el dinero no significaba nada para él lo atestiguan el desprecio que sentía hacia su tío Sigmund, burgués de Lemberg, el sostén de la familia y su tutor de facto hasta que se marchó a Viena. Detestaba sentirse en deuda con él y siempre se resistió a aceptar asignaciones o pagos en especie. Cuando su prima, en una visita familiar a Polonia a comienzos de los años veinte, se ofreció a pagarle una dentadura, Roth rehusó alegando que aceptar eso sería como regalarle una parte de su cuerpo y perder el control sobre ella. Una de las razones por las que empezó a trabajar tan pronto en la prensa vienesa fue para independizarse de su familia y dejar de depender de una generosidad que sentía que su tío se cobraba muy cara.

Cuando se exilia en 1933, Roth pierde de golpe los mil marcos alemanes mensuales del periódico y todos los ingresos de sus libros en Alemania, incluidas las traducciones y las adaptaciones al cine, que gestionaba la editorial. *Job* se convirtió en película en Hollywood en 1936, bajo el título de *Los pecados del hombre*, con Otto Brower a la dirección y con la estrella Jean Hersholt en el papel protagonista. La editorial vendió también los derechos de *La marcha Radetzky*, que no llegó a rodarse (la primera adaptación de la novela es un telefilme de 1965 de la radiotelevisión bávara). Roth no recibió ni un céntimo de todo ese dinero, que revirtió a su editor nazificado. De pronto, y por voluntad propia, nuestro amigo pasó de ser el periodista mejor pagado de Europa y una estrella literaria a escribir en panfletos de exiliados y vender apenas mil copias de las ediciones de sus libros impresas en Ámsterdam.

Con ello tenía que mantener su ración de alcohol, como lo llamaba, la cuenta de seiscientos francos mensuales del hotel Foyot para él, Manga Bell y sus hijos, y las facturas del sanatorio de Friederike. Por no hablar de su armario: una de las razones por las que se negaba a comprar una casa era que no soportaba que su mujer y los niños le vieran deambular en pijama o saliendo del baño. Hasta que se abandonó en los últimos meses de su vida, Joseph Roth se presentó ante el mundo con trajes impecables —un poco cursis, a decir de su malévolo amigo Soma Morgenstern— que, claro está, se llevaban un dinero en facturas de sastre.

Al contabilizar todo lo que le costó el exilio, se entiende que respondiera siempre con virulencia, desprecio, amargura y odio indisimulado a los amigos que, como Zweig, siguieron publicando en Alemania y tratando de entenderse con los nazis.

No siempre cobraba, pero siempre escribía. En parte por compulsión grafómana, en parte por su nuevo compromiso político. El nazismo le imbuía una rabia febril que excretaba en textos furiosos, no siempre lúcidos ni comprensibles. La actividad de 1934 fue, por ello, prodigiosa. Si en 1933 sólo publicó la nouvelle *El jefe de estación Fallmerayer*, al año siguiente dio salida a toda la producción que había escrito con mucho dolor de huesos y de ojos en los cafés de los hoteles, en jornadas extenuantes de las que se quejaba a Zweig en largas cartas enfurecidas («escribo rápido y bien», presumía ante el amigo, y confiaba su supervivencia a una capacidad de trabajo muy superior a la de la mayoría de los literatos de su tiempo, incluido el hiperproductivo Zweig).

Además de *Tarabas*, la gran obra de ese año, publicó dos cuentos largos en la revista francesa *Nouvelles Littéraires* («El busto del emperador» y «El triunfo de la belleza», suponemos que bien remunerados) y un ensayo-panfleto-manifiesto en el que resumía, en modo delirante y genialoide, su visión apocalíptica del mundo: *El Anticristo*. Con eso, un poco de ayuda de los amigos y una producción periodística abrumadora —con la que se han llenado varias antologías de artículos y aún no ha sido catalogada al completo, ni probablemente lo sea nunca, porque algunas piezas se publicaron en periódicos fugaces y semiclandestinos cuyas colecciones no están en ninguna hemeroteca, y otras no se llegaron ni a publicar—, Roth apenas sobrevivió al primer año del nazismo.

Le cayeron encima como veinte años de golpe. Los amigos que lo visitaban en París, en Ámsterdam, en Ostende, en la Costa Azul o donde aún le fiasen, lo veían encorvado, agotado, arrugado, amarillento, un poco irascible y más dependiente del Pernod. En Niza era el más pálido de los apátridas que, a partir de 1934, llenaron la ciudad, atraídos por unos precios bajos que sonarían increíbles a los turistas de hoy. Hubo un tiempo en que la Costa Azul fue refugio de pobres desgraciados que aspiraban a vivir con la frugalidad de un pescador. De no haber sido ocupada Francia, lo habrían logrado.

Los testimonios dicen que estaba lejos de ser un amargado, y aunque no tuvo hijos, asumió sin reparos la paternidad putativa de los exóticos niños negros de Manga Bell, con quienes no escatimó cariño ni cuidados, y fue un tío simpático y travieso de los hijos de los demás. Borracho era más tratable. No era un alcohólico de mal vino. Como a Andreas, el licor le daba beatitud. Era una compañía grata. Mucha gente, incluidas señoronas ricas francesas, le buscaba para sacarlo a cenar —aunque apenas probase el plato—, todo el mundo tenía anécdotas apócrifas de cuando contó tal chiste o disparó tal dardo malévolo contra un colega. Roth se hacía querer, siempre tuvo quien se preocupase por él. El problema era que todos sus amigos empezaban a ser también exiliados sin cuenta bancaria. Pronto, ni siquiera el todopoderoso Zweig estaría en disposición de pagarle los recibos.

Por todo ello, *Tarabas* no podía ser una novela tan ambiciosa como *La marcha Radetzky*, ni tan redonda y sutil como *Job*. A partir de 1934, los libros de Roth renuncian a aquella perfección. Su autor se ha quebrado, y su literatura con él. No quiere decir esto que se malograse. En cierto modo, se ha pervertido, ha perdido la inocencia original, y eso, según los ojos con que la leamos, la hace más interesante y conmovedora. El Roth del exilio ya no aspira a escribir buena literatura sentimental, como confesó en aquel pasaje de *La marcha Radetzky*. Ya no es un novelista para todo el mundo: el último Roth es un gusto adquirido con un punto amargo, como el Pernod. Hay que esforzarse por seguirle el hilo, como se hace con las divagaciones de un borracho. En el fondo, estos libros no dejan de ser divagaciones alcohólicas. Brillantes, geniales, deslumbrantes, pero de una lucidez más oscura y difícil. Eso, cuando son lúcidos.

Nikolaus Tarabas es el otro gran personaje salido de la inventiva de Joseph Roth (el otro es Mendel Singer, pues los Trotta no son grandes personajes, sino figuras que se emborronan en cuadros con luz de tarde). En cierta forma, puede leerse como el reverso de Mendel Singer. Si Singer es bueno, Tarabas es malo; si Singer judío, Tarabas gentil; si Singer es pasivo y resignado, Tarabas es violento y está empeñado en forjar su propio destino. Pero, sobre todo, Singer es sobrio, y Tarabas, borracho. El marco temporal es parecido al de *Job*, y los escenarios, también. El espacio-tiempo literario de Roth ya está muy delimitado: la frontera del imperio zarista con el austrohúngaro (una Galicia cada vez más extraña, absurda y alucinada) y Nueva York al rayar el siglo XX, con la guerra de 1914 como liquidadora del mundo.

Hijo de una buena familia rusa, las pulsiones violentas de Tarabas provocan que le repudien y acaba emigrando a Nueva York, donde, en una borrachera, mata al patrón de un bar. O cree que lo ha matado, porque huye de la escena sin comprobar si su víctima respira. La violencia marcará sus días desde entonces. Participará en la guerra, que se convirtió en su patria: «La guerra fue para él su patria grande y sangrienta. Pasó de una parte a otra del frente. Entró en zonas pacíficas, incendió aldeas, dejó atrás ruinas de ciudades pequeñas y grandes, mujeres dolientes, niños huérfanos, hombres apaleados, colgados y asesinados. Se batió en retirada, vivió el frenesí de la huida ante el enemigo, se vengó en el último momento de supuestos traidores, destruyó puentes, carreteras, ferrocarriles, obedeció y dio órdenes, y todo ello con idéntico agrado».

El lector de *Job* reconocerá el mismo tono de rabino charlatán, las mismas estrategias de la oralidad y la misma inspiración bíblica. Tarabas es un personaje hiperbólico que emerge de una antigüedad brutal, un dios vengativo y caprichoso que perturba cada lugar que pisa, pero también es un demonio interior que brota de lo más profundo del alma rothiana.

Cuando Roth murió, casi nadie sabía nada de su vida. Los biógrafos aún se esfuerzan en desanudar embrollos e iluminar vaguedades que el biografiado ató y oscureció por el puro gusto de fabular. Ya he contado que en su primer obituario se imprimió la mentira de que su padre fue un militar imperial. No era su única mentira belicista: también contó a quien quiso escucharle —y fueron muchos— que sirvió en la Gran Guerra como teniente, que cayó prisionero de los rusos y que, en plena revolución de 1917, se enroló con los bolcheviques para, al final de la guerra, regresar a las filas austrohúngaras y recibir la derrota con dignidad. Hoy sabemos que se alistó voluntario, era cierto, pero no estuvo en el frente. Jamás se acercó a menos de diez kilómetros de la línea de fuego, no disparó un arma y se dedicó a servicios de propaganda y de intendencia. Eso no le impidió firmar sus cartas oficiales como *teniente en la reserva del ejército imperial.*

No era Roth un mentiroso patológico ni un tipo turbio avergonzado de sus orígenes, sino un narrador genuino, alguien para quien inventar historias era tan natural como servirse otra copa de Pernod. Le aburrían la verdad y ceñirse a los hechos y, como todo cuentacuentos, gozaba cautivando a la audiencia. Como esos seductores natos que coquetean sin querer, Roth se inventó mil vidas que han puesto a prueba el talento de media docena de excelentes biógrafos.

Recordemos el autorretrato que cité al principio de este ensayo. La leyenda decía: «Así soy realmente: maligno, borracho, pero lúcido». De los tres adjetivos, el único que no le cabía era el primero. Si de algo hay consenso es de su bondad. Joseph Roth era, en el buen sentido de la palabra, un hombre bueno. Todos lo sabían, incluso Morgenstern, que no era un hombre bueno y padecía los males que destruyen a las personas pequeñas, especialmente la envidia (Soma Morgenstern era un amigo judío de infancia de la Galicia, escritor mucho menos dotado, un tipo acomplejado y celoso de la amistad de Roth y Zweig; escribió el primer esbozo de biografía de Joseph Roth, una novela un tanto oportunista y fea titulada *Huida y fin de Joseph Roth*, que los estudiosos han usado fundamentalmente para desmentir los hechos narrados). No había mezquindad en el alma de Roth, tampoco violencia y, según deduzco por las mujeres que siempre le arroparon y por lo que transmite su misma literatura, ni siquiera ese machismo cultural propio de un hombre de su generación. Y, sin embargo, se empeñó siempre que tuvo ocasión en autorretratarse como un malvado.

Ya en los cafés de Viena de antes de la guerra, cuando intentaba hacerse un hueco en la sociedad literaria, recién acabados los estudios, contaba que su infancia había sido brutal, que fue un alumno terrible que se escapaba de casa con cosacos y carreteros. Decía que fue un adolescente feroz, bebedor temprano, marrullero, siempre metido en peleas, el disgusto eterno de su madre, que no sabía qué hacer con él y pedía a dios que dejara de castigarla con un hijo tan malo. Contaba también que odiaba a los judíos y renegaba de su condición, que profanaba las sinagogas y celebraba los pogromos. Debía de impactar mucho escuchar estas historias de delincuencia y blasfemia en boca de un joven impecablemente vestido, que hablaba un alemán literario de poema de Goethe y se tocaba con un monóculo que, a los ojos de la juventud vienesa, era una cursilería atroz espantadora de chicas. No sé si le creían o les parecía un charlatán divertido. Seguramente les cosquilleaba la duda. Al fin y al cabo, Roth venía de una región exótica y lejana, fronteriza con Rusia (también mentía a menudo sobre su lugar de nacimiento, que situaba del lado ruso), en la que cualquier cosa podía pasar. A saber cómo se conducían aquellos bárbaros.

Sólo los ingenuos y los muy torpes sociales se desconcertarán por este juego. La vida en sociedad es un baile de máscaras, y el primer personaje que construye un escritor suele ser él mismo. La ambigüedad es la sustancia de la ficción, que brota en los huecos de la incredulidad suspendida. Cuando alguien se pregunta si lo que oye es verdad o le están tomando el pelo, ha entrado en el territorio de la novela, como cualquier lector.

Casi todo el mundo se conduce así, sea o no consciente. Somos rehenes de la falibilidad de nuestros propios recuerdos, que se reconstruyen y reinventan de continuo. Por inconciencia, por voluntad de agradar o por la humanísima necesidad de ordenar el caos en un relato con planteamiento, nudo y desenlace que dé sentido a nuestras vidas y nos presente dueños de nuestro destino, todos somos novelistas de nosotros mismos. Las únicas diferencias del común de la gente con los escritores profesionales es que estos lo hacen con más método y atrevimiento y, cuando despiertan el interés de los biógrafos, estos suelen delatarlos.

La mayoría de las mentiras que nos contamos quedan impunes, pero es difícil que se le escapen a un detective que olfatea todas las fuentes documentales. Ser biografiado es como ser investigado por la policía o por un inspector de hacienda. Al igual que estos con sus sospechosos, los historiadores dan por supuesto que el sujeto estudiado mintió sobre su vida, pero el descubrimiento que interesa de veras —y al que no todos los biógrafos llegan— es que la verdad estaba a la vista en sus libros. A un escritor no se le conoce por lo que dice de sí mismo, sino por los silencios y las supuestas ficciones en las que entierra el juicio auténtico de su vida. A menudo, también se le conoce mejor por lo que escribió o dijo de los escritores que admiraba que por lo que dijo de sus propios libros. Las fabulaciones sobre uno mismo sólo son coqueterías para entretener a los amigos o para ligar. Como hacemos todos, los que escribimos y los que no.

Parece que Roth sedujo a Friederike con estas milongas, y sin duda hizo muchos amigos que gozaron un montón con ellas. No sé qué habría dicho Freud de la necesidad que sentía el dulce y refinado Muniu de presentarse como un salvaje desalmado que trataba con crueldad a su madre y andaba a navajazos por tabernas y caminos, pero el hecho de que muchos de sus personajes literarios sean exactamente así, y que el alcohol tenga una presencia tan protagónica en todos los cuentos de violencia, tal vez insinúe algo más oscuro que una simple coquetería.

No creo que lamentase su dandismo y soñase con una vida de pendencia que sus trajes y su cultura frustraban, pero sí creo que proyectaba algo terrible en el personaje de Nikolaus Tarabas y en otros asesinos de su literatura.

Tarabas es tan Roth como Mendel Singer o Andreas o el menor de los Trotta. Con las mentiras sobre su vida y su correlato en los libros, Joseph Roth expresa la culpa fáustica y la rabia infinita que su alcoholismo le producían. Al recrearse en un personaje feroz que arrasa cuanto pisa y malogra todas las vidas que se cruzan con él busca compadecerse y pedir perdón a la vez. Por más que defienda su adicción y llegue a escribir que el alcohol «acorta la vida, pero impide la muerte inmediata», es evidente que sufre horrores por ser así. Por eso se considera «maligno».

Nikolaus Tarabas provoca un pogromo. Como señor de la guerra en tiempos de paz, las nuevas autoridades recompensan su ardor belicista con un mando policial en una región judía de la frontera. Allí será responsable de un rapto de violencia antisemita que, por razones que no merece la pena explicar, le horrorizará y le inducirá al arrepentimiento. Tarabas se desposeerá de todo, como el viejo Tolstói, e intentará hacer el bien que pueda para compensar su mal, pero será en vano. La redención nunca se completará.

El valor extraliterario e histórico de la novela es precisamente la narración del pogromo, que ocupa la parte mollar e impactó mucho a unos lectores occidentales que no sabían o no querían saber lo que sufrían los judíos orientales. Los historiadores del Holocausto han elogiado la precisión de Roth, que se acerca a un testimonio veraz y explica la génesis y el desarrollo de la violencia antisemita mucho mejor que los registros históricos.

Leer a Roth como testigo o profeta es fascinante, pero también es una lectura de mecha corta. El documento literario no puede leerse sólo como denuncia. No es esta una novela social ni una acusación de antisemitismo, aunque sea lícito quedarse en el nivel del panfleto. Una novela como *Tarabas* se agranda en las grietas y fallas de su escritura. Aunque a veces al público le cueste percibirlo, hay más belleza y verdad en la voz rota que en la limpia. Hasta esta obra, Roth era como la primera Maria Callas, con su registro vocal extraordinario. A partir de aquí, su voz se empieza a quebrar en las notas agudas, como a la Callas del final que suspendía funciones en el último minuto o daba espantadas antes del aria. La laringitis literaria se ha cebado con Roth, provocándole incluso miedo escénico. El prodigioso rabino milagrero no llega a ejecutar su poesía con la redondez habitual y los arcos de los personajes ya no se delinean con precisión de arquitecto. El escritor de *Tarabas* es un genio cansado que no siempre da la nota pero emociona igualmente con el temblor de una verdad desnuda. El desamparo de Nikolaus Tarabas, el asesino en busca de redención, es el desamparo de un novelista borracho que intenta mantener el pulso firme y no salirse de los renglones en medio de la peor zozobra de su vida y de Europa.

6. La recurrente imagen del espejo

Los cuatro años de vida que le quedan serán de lucha consigo mismo, hiperproductivos, hoteleros, beodos y en su mayor parte parisinos. Se recluye por temporadas como un monje en el hotel Foyot, que el municipio de París planea demoler para ampliar la calle y mejorar el acceso al vecino Senado, en los Jardines de Luxemburgo. En uno de sus arrebatos —que convencen a Zweig y a otros amigos de que está perdiendo la razón— entabla una batalla en la prensa contra el Senado, al que manda una carta abierta diciendo que es el Senado el que debería demolerse, y no el hotel Foyot, venerable hogar de escritores, uno de ellos, un austriaco no del todo desconocido. Su empecinamiento llegará al extremo de vivir un tiempo entre los albañiles y las obras, cuando el hotel ya había cerrado. Le dejaron ocupar su habitación hasta la víspera de su derrumbe. Entonces, se mudó al vecino hotel de la Poste y contempló los trabajos de destrucción de la que consideraba su casa desde una mesa del café Tournon.

En esos años finales le sostienen la sensacional Manga Bell, convertida en archivera de sus papeles, y Blanche Guidon, su traductora francesa, que se convierte también en una especie de agente y secretaria literaria. Cuando el agotamiento le impide escribir de su puño y letra, le dicta los artículos, que ella mecanografía y entrega a los periódicos del exilio alemán.

Escribe Roth unos cuantos libros buenos llenos de imperfecciones magníficas. Son textos breves, cada vez más parecidos a fábulas y parábolas, a veces ingenuos, que remiten al paraíso perdido de la infancia y a la nebulosa frontera del imperio roto. Por contraste, su producción periodística es feroz, militante, acusatoria y compleja. Parece que con la ficción viaja a un territorio donde, como dijo en *La marcha Radetzky*, la vida de los hombres no era intercambiable y, cada vez que uno moría, importaba y se celebraba un duelo sencillo y cabalístico, como los rituales que describió en *Judíos errantes* y recreó con Mendel Singer. Los personajes del pasado aparecen en el presente, aunque sólo sean sus nombres, como guiños al lector atento. Hay otros Mendel Singer en libros posteriores, como hay varios Kapturak, granuja ubicuo en los cuentos rothianos. ¿Se llaman igual o son las mismas figuras que se pasean como fantasmas por las novelas y cuentos del final?

De esta etapa, no hay novela más conmovedora que *El peso falso*, escrita en 1937 en un estado de alcoholismo irreversible y terminal. No es, ni de lejos, de sus libros más leídos o celebrados, pero contiene como ningún otro la lucha de un escritor por mantenerse vivo. Joseph Roth ha renunciado a muchas cosas: a la patria, al dinero, a la mayoría de sus amigos, a la salud o a la paz de un hogar, pero no está dispuesto a renunciar a la literatura.

El peso falso narra la encantadora y triste desventura de Anselm Eibenschütz, oficial del imperio licenciado tras la guerra (la austroprusiana, suponemos) y resignado a la sinecura de un cargo provinciano: inspector de pesos y medidas en la región más apartada del imperio (la Galicia, naturalmente, aunque no se la nombre). El inspector de pesos es el encargado de detectar los fraudes en los comercios. Casi todas las balanzas están trucadas, es una estafa común y una infracción que a la administración imperial le trae sin cuidado. Salvo un gendarme displicente que le acompaña en las rondas, no hay más funcionarios allí que se preocupen por nada y sus informes se archivan en la capital provincial sin despertar interés alguno. Eibenschütz lo tiene fácil: si hace la vista gorda, acepta algún soborno de vez en cuando y no molesta a los contrabandistas y traficantes que operan en la frontera, especialmente en la taberna del fin del mundo, podrá tener una vida tranquila y burguesa en compañía de su mujer.

El aburrimiento lleva a esta al adulterio con el ayudante del marido, un joven arrogante y servil, y el disgusto empuja a Eibenschütz a la crueldad. Se niega a tener ningún trato con su esposa, de la que se aísla, y comienza a frecuentar la taberna desde la que se dirige toda la delincuencia transfronteriza, entablando una relación turbia con el capo mafioso. Allí se emborracha y se enamora de Euphemia, una gitana que parece salida de un cuento oriental y que le extirpa del pecho los últimos arrestos de cabalidad que le quedaban, convirtiéndole en un héroe romántico.

La novela es un cuento sobre alcoholismo y soledad muy coherente con el resto de la obra de Roth, pero también es su texto más romántico y alemán, el que mejor entronca con la tradición poética germanística de comienzos del siglo XIX, la de Schiller, Goethe o Müller, la que aprendió en el *gimnasium* de Brody de su maestro Max Landau. *El peso falso* puede leerse como un viaje de invierno, como el ciclo de poemas y canciones de Wilhelm Müller musicado por Schubert, que representa como pocas obras el espíritu Biedermeier y la esencia de la sentimentalidad lírica germánica. Como el caminante del ciclo, Eibenschütz vaga por un invierno desamparado, a la intemperie y expulsado de todo. Su amor imposible por Euphemia es digno de un Werther, y su depresión alcohólica encuentra un correlato en la dimensión fantástica y salvífica que la taberna tiene en la imaginación romántica del XIX, representada aquí por ese lugar de encuentro y perdición situado en el fin del mundo.

Con esta novela breve, donde la prosa se esfuerza por mantenerse sobria página tras página, Roth funde la tradición oral judía del rabino charlatán con la gran literatura germanística en cuyo parnaso aspiraba a entrar. En 1937 queda muy poco para el *Anchluss*, la absorción de Austria por Hitler, y Roth ha emprendido una campaña, tan delirante como la del hotel Foyot y el Senado, para restaurar la monarquía de los Habsburgo. Conspira en el café Tournon, se reúne con los austriacos exiliados que aún sienten nostalgia por el imperio y contacta con Otto, el heredero al trono. Se propone muy en serio entrar en Viena y dar un golpe de mano patriótico contra los nazis que, a esas alturas, ya dominan casi todo el Estado. Le angustia horrores la idea de perder Austria, y sus amigos no saben si conspira como broma literaria (ha propuesto organizar el retorno del cuerpo del emperador a la Cripta de los Capuchinos —título de la penúltima novela que publicó, una coda a *La marcha Radetzky*, su respuesta al *Anchluss*—, pero como un caballo de Troya: en el ataúd iría tumbado Otto, que se alzaría ante la multitud en el momento más solemne y provocaría una catarsis que llevaría a la restauración de la monarquía y a la derrota inapelable del nazismo) o se lo plantea de verdad. Todo apunta a lo segundo: incluso viaja a Viena y mantiene correspondencia con ministros de la república, que le atienden por caridad y respeto a quien consideran, después de todo, una pequeña gloria literaria nacional. No le tratan como a un chiflado, pero le aconsejan que vuelva a París cuanto antes y no se ponga a tiro de los nazis que están a punto de tomar el país.

En 1937 Roth se siente desposeído y derrotado, y *El peso falso* es una forma inconsciente y sublime de resistir a un saqueo que percibe como íntimo. Roth ha renunciado a Alemania por los nazis, pero jamás ha renegado de su cultura ni de su literatura, y no está dispuesto a ceder un lugar que considera justamente ganado. Es un escritor en alemán que eligió esa lengua con voluntad y tesón desde el colegio. Siente que esa tradición es tan suya como las filacterias que guarda en la maleta, y no soporta que lo extranjericen. Se exiliará como ciudadano y como político, pero no como literato.

Quizá sea difícil de entender esto para un lector del siglo XXI que no ha vivido el antisemitismo ambiental de la

Europa de entreguerras, pero se entenderá mejor si subrayo que a los judíos siempre se les tuvo por extranjeros en Alemania. Su germanidad estaba bajo cuestión, se consideraba adquirida y falsa. El primer ataque antisemita serio que sufrió Stefan Zweig vino de su editor nazificado, que declaró que sus manuscritos le daban mucho trabajo porque había que reescribirlos para ponerlos en buen alemán, limpios de jerga judía y barbarismos. Esa insidia, que dolió en el alma al escritor, apuntaba al corazón mismo del prejuicio antisemita que decía que un judío, por erudito y esforzado que fuera, nunca sería un alemán.

Si de algo está orgulloso Roth es de su refinadísima cultura germanística, adquirida desde joven de la sabiduría de Landau (cuya lengua materna era el polaco, otro bastardo) y completada en la universidad de Viena. Si *El peso falso* puede leerse tanto como un cuento rabínico oriental como un viaje de invierno Biedermeier es porque su autor estaba convencido de que ambas tradiciones encajaban y se completaban en su prosa, sin contradicción ni contraindicación.

Para escribir *El peso falso* se impuso una disciplina que exprimió sus últimas fuerzas. La estructura del libro se compone de capítulos muy breves, de apenas cuatro o cinco páginas, con unidad de tiempo y perfecta coherencia interna. La novela avanza a cuadros, un poco al estilo de *La marcha Radetzky*, pero con apuntes mucho más impresionistas y mínimos. No es capaz de embeberse en segmentos más largos que requerirían más horas diarias de trabajo. Se ha hecho un plan de escritura realista y adaptado a su condición física y su resistencia. Puede rematar cada día un pequeño capítulo sin comprometer la calidad de la prosa —que exige un alemán impecable, a la altura de Goethe— ni perder el control de la trama, y a ello se dedica con tesón de hormiga. Se conoce bien, Joseph Roth. Yerran mucho quienes le explican la perversión del alcoholismo o le exigen enmiendas o creen que está acabado. Sabe que los tiempos de las grandes arias operísticas quedaron atrás, pero aún puede ofrecer un recital de buenas canciones que hagan llorar al público.

Hay más elegía de sí mismo en esta novela que en *La leyenda del Santo Bebedor*. Podría explicarme largamente, pero es mejor que sea el propio Roth quien, a través de su inspector de pesos y medidas, lo exprese con una sencillez poética en la que vuelve a su imagen recurrente del espejo. Los Trotta, Mendel Singer, Deborah, Tarabas, Andreas y todos los personajes de Roth se miran alguna vez en un espejo y no se reconocen. La misma escena se repite con Anselm Eibenschütz. ¿Cómo no conmoverse ante el propio Joseph Roth ante el espejo del hotel Foyot, recién levantado, la cuchilla de afeitar en la derecha y las mejillas a medio enjabonar, preguntándose quién diablos es ese viejo borracho que le mira con tanta tristeza?

Bebía. Se hundía en el alcohol como en un abismo, en un abismo blando, seductor, acolchado. Él, que durante toda su vida había estado tan atento a su aspecto exterior, por razones del servicio que, en realidad, se habían convertido en mandatos de su naturaleza, empezó ahora a descuidarse en su porte, en su forma de andar, en su rostro. Comenzó porque, después de haber pasado toda la noche bebiendo, se echaba en la cama sin quitarse más que la chaqueta, el chaleco y los zapatos. Se soltaba los tirantes, pero era demasiado perezoso para quitarse los pantalones y las medias. Desde la época del cuartel estaba acostumbrado a lavarse y afeitarse por la noche antes de acostarse, porque su servicio comenzaba a las seis de la mañana. Entonces empezó a dejar el afeitado para la mañana. Pero, cuando se levantaba, era ya tarde, alrededor del mediodía, y recordaba que había muchos que sólo se afeitaban o se hacían afeitar un día sí y otro no. Todavía tenía fuerzas para lavarse. Todavía se miraba en el espejo, no para saber si tenía buen aspecto, sino más bien para saber si no tenía aún un aspecto suficientemente malo. Muy a menudo, después de haberse levantado, lo acometía el deseo malsano de mirarse atentamente la lengua, aunque su lengua no le interesara nada. Y, en cuanto se había sacado la lengua a sí mismo, por decirlo así con testaruda curiosidad, no podía evitar hacer toda clase de muecas ante el espejo; y a veces gritaba incluso palabras coléricas a su imagen reflejada. A veces no podía liberarse ya de su autocontemplación en el espejo, a no ser cogiendo la botella que había siempre al pie de su cama. Echaba un trago en el vaso de agua, y luego otro, y otro más. Después de haberse bebido tres tragos de aquellos, le parecía ser otra vez el viejo inspector Anselm Eibenschütz. En realidad no lo era. Era un Anselm Eibenschütz completamente nuevo, completamente cambiado.

Todo está listo para el final. En las últimas semanas de su vida, descuidado por primera vez, desaseado, con las mejillas sin rasurar y el bigote sin engomar, olvidado del lejanísimo monóculo del dandi vienés que fue antes de la guerra, Roth dicta artículos y rellena cuartillas. El invierno de 1939 deja paso a la primavera, como en sus novelas.

Los rayos del sol cruzan la niebla y las nubes de París sin llegar a encender un samovar que no existe en su habitación sucia del hotel de la Poste. Su piel amarillea, el hígado no aguanta más, pero aún tiene un último arresto para cerrar su testamento literario. Sólo dejará inacabadas sus memorias noveladas, a las que dedicó quince años de intentonas estériles de las que nos ha llegado el cuento largo *Fresas*. Cerró todo lo demás, como buen periodista, a tiempo para incluirlo en la siguiente edición del periódico.

La leyenda del Santo Bebedor estaba lista para la imprenta cuando su autor se rompió en mayo de 1939. Firmó el contrato de edición en abril, un par de semanas antes de morir. Blanche Guidon podría haber reclamado cierto grado de coautoría que daría razón de algunas peculiaridades del texto. *La leyenda* es en buena medida un boceto. Lo esquemático aquí no se debe tanto a la imitación de la narración oral, sino a la incapacidad de desarrollo de un escritor moribundo. Sin duda, Guidon, apoyándose en su conocimiento profundo de los recursos, manías, estilo y voz de su amigo, intervino en el original que ella misma mecanografió y convirtió el esbozo en algo parecido a una novela, pero aun así queda muy lejos de la precisión descriptiva y ambiental de sus libros anteriores. Se ha comparado mucho la literatura de Roth con la pintura de Chagall (creo que por razones más raciales y generacionales que estéticas), y *La leyenda* parece un cuadro inacabado de este. Las arquitecturas de un París fantástico y vivido a la vez, con escalinatas, puentes, arcos, portales y ventanas, se presentan con la inconsistencia y la mano temblorosa de los sueños, con personajes flotantes y colores ingenuos.

La que para muchos lectores de hoy es la obra más representativa de Roth estuvo perdida mucho tiempo. Se publicó el mismo año 1939, al poco de estallar la guerra, y apenas circuló entre cuatro amigos en una edición corta cuyos ejemplares se cotizan hoy como si fueran cuadros de Van Gogh. Su recuperación fue milagrosa. Reeditada en la década de 1950 en la República Federal Alemana, pasó casi inadvertida hasta los años 60, cuando puede decirse que se leyó por primera vez y un grupo de jóvenes descubrieron a un escritor del que nadie se acordaba. En medio de la revolución juvenil, el testamento de Joseph Roth parecía una invitación a viajar a los paraísos artificiales y una refutación del moralismo sobrio de la posguerra. Roth el hippie. Roth el contracultural. Roth el colocado. Quién se lo iba a decir al presumido oficial del Imperio austrohúngaro, al joven del monóculo y al señor monárquico de pies hinchados que paseaba por los Jardines de Luxemburgo poco antes de morir.

En España, uno de sus apóstoles fue el poeta y editor Carlos Barral, en plena sintonía con la lectura lisérgica que, en la década de 1980, seguía dominando en Europa. Con el tiempo, la impresión se fue atemperando y los borrachos dejaron de sentirse vindicados por el texto. *La leyenda del Santo Bebedor* no era el manifiesto alcohólico que creían. La tragedia del vagabundo Andreas, que debe devolver en forma de limosna a la virgen un préstamo que le entrega un buen samaritano burgués, no es el grito libertario que parecía al principio. Al contrario, suena más bien a una oración. En apariencia, una plegaria católica, con vírgenes e iglesias de por medio. Si se escucha bien, se adivina un kadish, el que se le negó a Roth tras su muerte, ese cántico coral de voces masculinas con el que se expresa el duelo en la tradición hebraica.

Como tantos seres doloridos, Joseph Roth murió pidiendo clemencia. *La leyenda del Santo Bebedor* es una plegaria en la que reclama para los borrachos una muerte dulce. Señor, concédeme con la embriaguez la misericordia de la analgesia, no dejes que me duela, no consientas que me retuerza en el lecho ni que sangre. Deja que el alcohol me lleve grácil hasta ti, te lo ruego. Eso es lo que dice *La leyenda del Santo Bebedor*. No hay constancia de que dios le hiciese caso.

Gratitudes bibliográficas

Hay en España un pequeño pero muy entusiasta club de amantes de Joseph Roth que ha hecho grandes contribuciones a su conocimiento y cuya sabiduría me ha acompañado en este viaje a las tristezas alcohólicas del amigo austriaco. Voy a citar a algunos, por gratitud y como consejo para quienes, tras leer este ensayo, se hayan contagiado del veneno rothiano y quieran saber más.

Berta Ares Yáñez actualizó las fuentes hebraicas y bíblicas en un estudio filológico y filosófico fascinante titulado *La leyenda del Santo Bebedor, legado y testamento de Joseph Roth*. Su dedicación rothiana merecería como pago una habitación reservada a perpetuidad a su nombre en el hotel Foyot.

El otro apóstol rothiano en España es uno de sus traductores, el erudito, ensayista y novelista Eduardo Gil Bera, que compuso una especie de biografía deconstruida en *Esta canalla de literatura: quince ensayos biográficos sobre Joseph Roth*, libro de prosa tan delicada que parece escrita por el mismísimo biografiado, un ensayo sobrado de finura y buenas ideas.

Fuera de España sigue siendo necesario invocar el magisterio de Claudio Magris, que, en su labor de apostolado de la literatura de Mitteleuropa, dedicó un libro a reivindicar las raíces judías —religiosas y culturales— de la obra de Roth. *Lejos de dónde: Joseph Roth y la tradición hebraico-oriental* no es precisamente una lectura ligera para llevar a la piscina en verano, pero no debería faltar en ninguna casa devota de Roth. Yo lo guardo en un arca, junto a los rollos de la Torá y las filacterias.

Soma Morgenstern escribió el primer esbozo biográfico del amigo galiciano, un relato mistificador y algo sobrado de bilis (sobre todo contra Zweig, a quien detestaba) que se lee más como libro de aventuras que como documento iluminador. En cualquier caso, *Fuga y fin de Joseph Roth* forma parte del corpus elemental de libros rothianos, y una biblioteca que quiera honrarle no debería dejar de incorporarlo al estante.

Entre las biografías citaré dos que no están traducidas al castellano, pero se cuentan entre las más actualizadas y ricas. Me refiero a la más académica de David Bronsen en alemán (*Joseph Roth: eine biographie*, que yo he leído en su traducción francesa, *Joseph Roth: biographie*), y a la más narrativa de Keiron Pim, *Endless Fight: the life of Joseph Roth*, que para mi gusto tiene el único defecto de dar demasiado crédito a la palabrería de Morgenstern, pues se apoyó en su hijo y en los archivos familiares.

Hay más, pero debo soltar la mano del lector en este punto y permitir que su fuga siga sin mi ayuda. Felices lecturas.

Biblioteca **Joseph Roth**
en El libro de bolsillo

La marcha Radetzky

La leyenda del santo bebedor

Job

El peso falso

La Cripta de los Capuchinos

El Leviatán.
El jefe de estación
Fallmerayer. El busto
del emperador. Abril